Le démon qui dansait la gigue

Alfred Hitchcock

Les Trois jeunes détectives

Le démon qui dansait la gigue

Traduit de l'américain par Claude Voilier

HACHETTE
Jeunesse

SÉRIE *LES TROIS JEUNES DÉTECTIVES* DANS LA BIBLIOTHÈQUE VERTE

Le crâne qui crânait
La momie qui chuchotait
L'ombre qui éclairait tout
Le démon qui dansait la gigue
Une araignée appelée à régner
Le Drakkar hagard
L'épouvantable épouvantail
La saisie des sosies
Les douze pendules de Théodule
Le tableau se met à table
La baleine emballée
L'aveugle qui en mettait plein la vue
Les caisses à la casse
Le testament énigmatique
Le flibustier piraté
Le lion qui claquait des dents
L'aigle qui n'avait plus qu'une tête
Silence, on tut !
Le dragon qui éternuait
L'insaisissable homme des neiges
L'ânesse qui se pavanait
Le serpent qui fredonnait
L'arc-en-ciel a pris la fuite
Le spectre des chevaux de bois
Le perroquet qui bégayait
Le Chinois qui verdissait
Treize bustes pour Auguste
L'éditeur qui méditait

L'édition originale de ce roman,
rédigé avec la collaboration
de William Arden et de Robert Arthur,
a paru en langue anglaise
chez Random House, New York,
sous le titre :
THE MYSTERY OF THE DANCING DEVIL

Hachette Livre, 43, quai de Grenelle, 75015 Paris

Un mot d'Alfred Hitchcock

Amateurs de mystère, salut!

Une fois de plus, me voici chargé de vous présenter le fameux trio des jeunes et talentueux limiers qui s'intitulent avec simplicité « les Trois jeunes détectives ». Et, une fois de plus également, je dois reconnaître que le dernier cas auquel ils se sont intéressés mérite toute votre attention.

L'aventure relatée ici occupe un vaste champ d'action, aussi bien dans le temps que dans l'espace. Il faut en effet remonter jusqu'aux hordes barbares du célèbre Gengis Khan pour trouver son point de départ, et replonger ensuite au sein d'une bande de malfaiteurs très modernes pour assister à sa conclusion. J'avoue avoir rarement entendu conter affaire plus étrange. Au cours de cette histoire, vous ferez la connaissance du monstrueux Démon Dansant qui vous glacera d'effroi le sang dans les veines.

Mais revenons-en à la présentation de nos trois héros...

Hannibal Jones, détective en chef et cerveau de la firme des jeunes limiers, est un garçon replet, impénitent chasseur de mystères et qui se lance dans l'aventure tête baissée, sans souci du danger.

Peter Crentch, son athlétique second, est d'un naturel infiniment plus prudent, ce qui ne l'empêche pas de foncer vaillamment quand les circonstances l'y obligent.

Bob Andy, calme et studieux, a été baptisé « Archives et Recherches » tant il excelle à compiler de précieux documents pour y découvrir un maximum d'informations utiles.

Les trois amis habitent Rocky, petite ville de Californie, pas très loin d'Hollywood. Ils se sont ménagé un quartier général secret au sein d'un entrepôt de bric-à-brac et... Mais je vous en ai dit suffisamment à leur sujet. Vous découvrirez le reste au fur et à mesure de votre lecture.

Je n'ajouterai qu'un mot : les talents combinés de nos jeunes héros leur ont déjà permis d'éclaircir bien des énigmes embrouillées.

Et maintenant, si vous vous sentez assez de courage pour rencontrer le Démon Dansant, attaquez le chapitre premier... et amusez-vous bien !

ALFRED HITCHCOCK

Chapitre 1

La poupée volante

« Vous êtes des détectives! déclara avec conviction la petite fille aux cheveux roux. Vous devez me retrouver Anastasie! Je peux vous payer, vous savez! »

Tout en parlant, elle tendait, au creux d'une main pas très propre, une pièce de cinquante *cents.*

Peter Crentch se mit à rire.

« Nous ne nous occupons pas de retrouver des poupées, ma petite Winnie.

— Les cas qui nous intéressent sont autrement importants », ajouta Hannibal Jones.

Bob Andy sourit à la gamine — elle n'avait pas plus de six ans — qui était la voisine de Peter et venait si candidement louer leurs services.

« Je parie que ta poupée n'est pas perdue, dit-il gentiment. Tu as dû l'égarer quelque part chez toi.

— Bien sûr! renchérit Peter en riant de bon cœur. Rentre donc à la maison et cherche bien, Winnie! Nous avons autre chose à faire que de courir après Anastasie. Nous devons réparer l'appareil de projection de mon père. »

Les trois garçons, bien connus à Rocky pour leur talent de jeunes limiers, avaient monté une agence de détectives privés qui comptait déjà plusieurs succès à son actif.

Hannibal, Peter et Bob venaient de passer leur première matinée de vacances de Pâques à mettre en ordre le garage des Crentch. Cette besogne terminée, ils s'apprêtaient à emporter l'appareil de projection de M. Crentch à l'atelier de réparation des Jones, quand la petite Winnie Valton, qui habitait juste à côté, était arrivée pour réclamer leur aide.

« Nous regrettons que tu aies perdu ta poupée, continua Peter, mais mon père est impatient de récupérer son matériel. Retourne vite chez toi, Winnie !

— Je n'ai pas égaré Anastasie ! protesta la petite de sa voix pointue. Elle est partie toute seule. Elle s'est envolée ! Elle était dans son lit, dans la cour, et elle s'est envolée dans les airs ! »

Hannibal regarda l'enfant d'un air stupéfait.

« Tu veux dire qu'elle s'est envolée... comme un avion ? »

Peter ne laissa pas à sa petite voisine le temps de répondre.

« Allons, Winnie ! gronda-t-il. Cesse de nous raconter des histoires. Tu nous retardes. Tu ne voudrais pas nous faire gronder par mon père, n'est-ce pas ?

— N... non ! » balbutia la petite d'une voix incertaine. Et puis, brusquement, elle fondit en larmes. « Anastasie est perdue ! Je ne la reverrai jamais !

— Ne pleure pas, Winnie ! dit Bob. Tu la retrouveras, ta fille... »

Hannibal, cependant, fronçait les sourcils.

« Que veux-tu dire au juste, Winnie, quand tu affirmes que ta poupée s'est envolée ? » demanda-t-il.

L'enfant, d'un revers de manche, essuya ses larmes.

« Hier soir, expliqua-t-elle, je l'avais laissée dans

la cour, bien bordée dans son lit. Quand je suis montée me coucher, j'ai regardé par la fenêtre et j'ai vu Anastasie s'envoler dans un arbre! Papa l'a cherchée ce matin, mais elle n'était plus là. Elle est partie! Hi... hi... Elle ne reviendra jamais!

— Je me demande, murmura Hannibal, si nous ne ferions pas bien d'aller jeter un coup d'œil dans la cour des Valton... »

Peter gémit.

« Oh! là! là! Et l'appareil de mon père? Tu l'oublies, Babal!

— Et puis, fit remarquer Bob, on n'a encore jamais vu de poupée voler!

— C'est vrai! » reconnut Hannibal.

Le chef des détectives se mordilla les lèvres d'un air pensif, puis répéta :

« C'est vrai!... Et voilà justement pourquoi nous ferions bien d'aller jeter un coup d'œil à cet arbre. Cela ne nous prendra pas longtemps! »

Les pleurs de la petite Winnie séchèrent comme par miracle. Elle sourit, tout heureuse, et s'écria :

« Venez! Je vais vous montrer! »

A sa suite, les garçons franchirent la porte, percée dans la haie, qui faisait communiquer la propriété des Crentch et celle des Valton. Tout de suite, ils aperçurent l'arbre! C'était un vieil avocatier qui poussait sur le trottoir, contre la palissade qui séparait la cour des Valton de la rue, et dont les branches au feuillage épais débordaient largement dans la cour en question.

Winnie pointa son doigt vers le sol, à un endroit qu'ombrageait une des longues branches.

« C'est là que dormait Anastasie! » déclara-t-elle.

Les garçons fouillèrent aussitôt parmi les feuilles et les fruits verts qui pendaient du vieil arbre. Ils ratissèrent également la couche de feuilles qui jonchaient le sol dans la cour.

« Aucune trace de ta poupée! annonça Peter.

— Ni dans l'arbre ni à terre », ajouta Bob.

Hannibal regagna la rue. Là, il constata que

l'avocatier poussait au centre d'un petit massif de fleurs. Il s'en approcha et se mit à examiner la terre meuble autour de l'arbre.

« Bob ! Peter ! » appela-t-il bientôt.

Ses deux camarades se hâtèrent d'accourir. Hannibal pointait le doigt vers le sol. Là, juste au pied de l'arbre, on distinguait nettement quatre empreintes de pas, assez petites et étroites.

« On dirait bien, expliqua Hannibal, que quelqu'un a grimpé récemment à cet arbre. Quelqu'un de petite taille si l'on en juge par la pointure de ses souliers.

— Un enfant, sans doute, hasarda Peter. Il y a des tas de gosses qui viennent jouer par ici, Babal !

— Tu as peut-être raison, admit Hannibal. Mais il se pourrait aussi que quelqu'un venant de la rue soit passé par l'arbre pour aller pêcher la poupée sous la grosse branche.

— Effectivement ! dit Bob. Cela expliquerait que, dans l'obscurité, la petite Winnie ait cru voir sa poupée s'envoler toute seule dans le feuillage.

— Mais voyons ! protesta Peter. Qui donc aurait intérêt à chiper sa poupée à une gamine ? »

Hannibal n'avait pas plus de réponse à cette question que ses camarades. Tous trois retournèrent dans la cour. Au même instant, une jeune femme rousse sortait de la maison des Valton. Elle ressemblait beaucoup à Winnie et il ne fallait pas être sorcier pour deviner que c'était sa mère.

« Winnie ! Tiens, bonjour, Peter. Que faites-vous donc, les enfants ?

— Nous cherchons Anastasie, maman ! répondit la petite. Peter et ses amis sont détectives. »

Mme Valton sourit.

« Bien sûr ! dit-elle. J'avais oublié ! »

Puis, elle hocha la tête d'un air de doute.

« Je ne voudrais pas vous décourager, mais j'ai bien peur qu'Anastasie n'ait disparu pour de bon.

— Vous êtes donc sûre que la poupée a été volée ? demanda Bob.

— Au début, expliqua Mme Valton, je n'y croyais pas. Mais mon mari a cherché partout dans la maison et dans la cour, sans succès. Alors, nous avons prévenu la police.

— Et qu'ont-ils dit ? s'enquit à son tour Hannibal.

— Apparemment, de nombreux vols ont eu lieu dans le quartier la nuit dernière et les policiers sont sur les dents.

— D'autres poupées ?

— Oh, non. Pas des poupées!. Mais des objets variés : une trousse à outils, divers appareils, un microscope, etc. On m'en a cité une assez longue liste, mais j'ai oublié... Rien de grande valeur cependant ! Le commissaire Reynolds est persuadé que ces larcins ont été commis par une bande de jeunes vandales.

— C'est vrai que la fauche est devenue très à la mode, intervint Peter, d'un air dédaigneux. Le nombre de petits imbéciles qui se croient malins parce qu'ils ont réussi à piquer n'importe quelle babiole...

— Jusqu'au jour où ils se font pincer ! » ajouta Bob.

Hannibal semblait déçu.

« De banals chapardeurs ?... Ça manque de sel... »

Winnie se remit à pleurer.

« Je veux Anastasie ! hurla-t-elle. Je veux ma poupée !

— Oh ! Ça va ! soupira Peter en regardant ses camarades. Après tout, nous pourrions essayer de la retrouver. Nous connaissons à peu près tous les gosses du quartier.

— Ce serait gentil de votre part, déclara Mme Valton. Ce genre de menus vols n'intéresse guère la police...

— J'ai de quoi payer mes détectives, maman ! s'écria Winnie en brandissant sa pièce de cinquante *cents*. Comme à la télévision ! Tenez ! »

Hannibal prit gravement la piécette.

«A partir de maintenant, tu es notre cliente, Winnie. Reste bien sagement chez toi. Nous te ferons notre rapport. Cela te convient-il?»

La petite fille acquiesça d'un air satisfait. Les trois garçons regagnèrent la cour de Peter. Là, ils se mirent à discuter pour savoir par quel bout commencer leur enquête.

Ils finirent par tomber d'accord pour interroger leurs camarades de classe. Peut-être, dans le nombre, certains seraient-ils en mesure de leur donner des renseignements utiles.

Soudain, ils entendirent la voix de Mme Crentch qui s'élevait, furieuse, derrière la maison.

«Voulez-vous sortir de là! Et d'abord, que faites-vous dans mon jardin?

— Vite!» s'écria Peter en s'élançant.

Les trois détectives arrivèrent au coin de la maison juste à temps pour apercevoir une étrange apparition aux grandes ailes noires qui s'envolait par-dessus la clôture et disparaissait dans la rue.

Le trio, stupéfait, s'immobilisa sur place. Cependant, la mère de Peter, qui s'était précipitée dans le jardin, se désolait tout haut :

«Mes jolies fleurs! Cet individu les a complètement écrabouillées!... Oh! mes pauvres fleurs! Regardez-moi ce gâchis!»

Mais les garçons se souciaient bien des plates-bandes saccagées! Ils n'avaient d'yeux que pour la barrière derrière laquelle s'était évanouie l'apparition dont les «ailes» n'étaient qu'une ample cape noire. Avant de disparaître, l'homme avait regardé par-dessus son épaule, révélant ainsi un visage étroit et anguleux, barré d'une épaisse moustache.

«Eh bien! s'écria Peter suffoqué. Ce n'est certainement pas un enfant!»

Déjà, Hannibal avait fait demi-tour et courait vers le garage. Peter et Bob le suivirent. Hannibal désigna l'endroit où se trouvait quelques minutes plus tôt, soigneusement rangé dans sa mallette noire, l'appareil de projection de M. Crentch.

« Disparu ! annonça Hannibal d'un air tragique. Cet homme l'a volé ! »

Chapitre 2

Un mystère éclairci!

« Tout bien réfléchi, déclara Hannibal, on ne s'explique guère ce qu'un voleur pourrait faire d'objets aussi hétéroclites que l'appareil de projection du père de Peter, la poupée de Winnie et tout le reste. »

Le chef des détectives fit une pause solennelle et, regardant ses deux lieutenants, ajouta en détachant distinctement chaque mot :

« Peut-être bien que ce ne sont pas les objets eux-mêmes qui l'intéressent. »

Peter et Bob ouvrirent des yeux ahuris.

« Dans ce cas... commença Bob.

— Pourquoi les aurait-il volés ? » acheva Peter.

Depuis que le petit homme à la cape noire s'était enfui avec l'appareil de M. Crentch, plusieurs heures s'étaient écoulées. Après le déjeuner, les trois détectives s'étaient réunis, pour délibérer, à leur quartier général secret, autrement dit dans une vieille caravane dissimulée au milieu d'une montagne d'objets de rebut, au sein du vaste bric-à-brac des Jones.

Cette caravane, qui contenait un mobilier adéquat, des fichiers et tout un équipement destiné à aider les détectives dans leurs enquêtes, constituait une base d'opérations efficace... et ignorée du commun des mortels. Titus et Mathilda Jones, l'oncle et la tante d'Hannibal, propriétaires du bric-à-brac, avaient depuis belle lurette oublié jusqu'à l'existence de la fameuse caravane.

Des entrées secrètes conduisaient à ce repaire idéal. De plus, un périscope permettait aux garçons de voir ce qui se passait à l'extérieur.

Pour l'instant, les jeunes détectives réfléchissaient ensemble aux menus vols qui avaient eu pour théâtre le quartier des Crentch.

Un fait s'imposait d'emblée : ces larcins n'avaient pas été commis par des enfants! Le matin même, après la disparition de l'homme à la cape, Hannibal, Bob et Peter avaient relevé l'empreinte de ses chaussures dans le jardin de Mme Crentch. C'était exactement les mêmes que celles aperçues au-dessous de l'avocatier, proche de la cour des Valton.

Mais en quoi un vieil appareil de projection et une poupée sans valeur pouvaient-ils intéresser un voleur?

« Peut-être, hasarda Peter, cet homme est-il un... un... vous savez bien... quelqu'un qui vole des choses parce qu'il ne peut pas s'en empêcher?...

— Un kleptomane! dit Bob.

— Oui, c'est ça!

— Hum! fit Hannibal. Tu as peut-être raison, Peter, mais je ne le crois pas. En général, un kleptomane ne rôde pas autour des maisons, attendant l'occasion favorable de chiper quelque chose. Il opère de préférence dans les grands magasins ou autres lieux publics.

— Si cet homme n'est pas un kleptomane et s'il n'a pas besoin des objets qu'il vole, comme tu as l'air de l'insinuer, Babal, je me demande bien ce qu'il veut au juste? demanda Bob.

— A mon avis, répondit Hannibal, il est à la recherche de quelque chose!»

Bob et Peter regardèrent leur chef. L'effarement et le doute étaient peints sur leurs visages. Bob fut le premier à émettre une objection :

«Mais, mon vieux, dit-il de sa voix calme, si cet homme cherche quelque chose de précis, pourquoi vole-t-il un tas d'objets différents?... Je veux dire... il doit bien savoir ce qu'il cherche... et si l'objet n'est pas au nombre de ceux qu'il a piqués, pourquoi s'être donné tant de mal pour rien? Cela ne tient pas debout.

— Peut-être l'individu est-il myope comme une taupe... ou bigle... suggéra Peter. Il doit y voir à peine... »

Un regard méprisant de Bob réduisit Peter au silence. Peter avait plus de muscles que de cervelle.

«Il faudrait que ce type soit complètement aveugle, affirma Archives et Recherches, pour avoir confondu une poupée avec un appareil de projection!

— Bon! D'accord! fit Peter sans insister. S'il ne court pas après les objets eux-mêmes, c'est donc qu'il cherche quelque chose qui serait caché à l'intérieur! Il sait que ce qu'il cherche est dedans... tout en ignorant au juste où!

— Comme dans l'histoire du chat qui louchait, murmura Hannibal[1]. Le problème à résoudre se présente de la même manière... En partant du principe que le voleur sait ce qu'il fait, nous devons admettre que tous les objets qu'il vole ont un point commun. Et c'est ce point commun qu'il s'agit de découvrir!

— Je ne vois pas ce qu'une poupée et un appareil de projection peuvent avoir de commun? remarqua Bob d'un air découragé.

---

1. Voir *Le chat qui clignait de l'œil*, dans la même collection.

— N'empêche qu'il y a certainement quelque chose, insista Hannibal. Un dénominateur commun entre tous les objets que cet homme a volés. Il faut le trouver à tout prix!

— Attends un peu. Babal! dit Peter en tirant un feuillet de papier de sa poche. J'ai tout noté là-dessus : la poupée de Winnie, l'appareil de mon père et les autres objets que la police a énumérés quand tu lui as téléphoné... Voyons un peu... Une trousse d'électricien, un microscope, un baromètre, un nécessaire à graver le bois et une trousse à outils pour voiture, modèle de luxe.»

Ayant achevé de lire sa liste, Peter regarda ses camarades d'un œil plein d'espoir. Pendant un moment, personne ne parla.

«Alors? demanda finalement Peter. Y voyez-vous clair? Moi, pas... Ces objets ne sont pas tous des instruments d'optique...

— Ni des jouets, dit Bob.

— Ni des outils d'artisan! continua Hannibal qui semblait pensif. Peut-être ont-ils tous été achetés au même endroit?»

Bob secoua la tête.

«Certainement pas. On ne trouve pas une poupée et un baromètre dans le même magasin!

— Et papa a acheté son appareil de projection à New York il y a au moins cinq ou six ans! ajouta Peter. Décidément. Babal, je n'y comprends rien.

— Ces différents articles se ressemblent forcément par quelque point, affirma de nouveau Hannibal. Il s'agit peut-être d'un détail tout bête. Essayons de nous concentrer pour le découvrir, mes amis!

— Ce sont tous des solides! avança Peter. Je veux dire... aucun n'est liquide.

— Brillante constatation! fit Bob d'un ton ironique.

— Allons, Bob! murmura Hannibal. Ne te moque pas de Peter! Après tout, il faut envisager toutes les hypothèses. D'accord. Ces objets sont des solides. Sont-ils tous en métal? Non. D'une même couleur? non encore.

— Ils sont tous relativement petits donc facilement transportables!» fit brusquement remarquer Bob.

Hannibal se leva d'un bond. Ses yeux étincelaient.

« Des objets transportables! s'écria-t-il. Bien sûr! Nous tenons une piste, mes amis... Venez! Allons parler à Winnie Valton!»

Déjà le chef des détectives soulevait la trappe qui s'ouvrait dans le plancher de la caravane. Ses deux lieutenants se gardèrent bien de lui demander ce qu'il avait en tête. Tous deux savaient qu'Hannibal ne fournissait jamais d'explications quand il s'élançait sur une piste quelconque. Ils se contentèrent donc de le suivre et, après avoir refermé la trappe derrière eux, de ramper dans le « tunnel numéro deux », constitué par un large et long tuyau qui passait sous la caravane et les monceaux d'objets de rebut qui l'entouraient pour déboucher finalement dans l'atelier d'Hannibal.

Une fois là, les trois garçons sautèrent sur leurs vélos et se hâtèrent vers la demeure des Crentch. Ils la dépassèrent pour ne s'arrêter que devant la maison suivante : celle des Valton.

Le crépuscule tombait déjà. Au coup de sonnette d'Hannibal, la maman de Winnie vint ouvrir, sa fille sur les talons.

« Vous avez retrouvé Anastasie! s'écria l'enfant de sa voix perçante.

— Non! Pas encore! répondit le chef des détectives. Mais dis-moi. Winnie! Tu nous as bien expliqué qu'Anastasie se trouvait dans son lit quand elle s'est envolée parmi les branches de l'avocatier?... Elle s'est donc envolée *avec* son lit?

— Oui.

— Quelle sorte de lit, Winnie?

— Eh bien, son lit à elle... répondit la petite qui

ne comprenait pas. Elle y dormait tous les soirs et...

— D'accord! D'accord! coupa Hannibal, impatienté. Mais à quoi ressemblait ce lit? Je veux dire... était-ce vraiment un lit de poupée?»

Cette fois, ce fut Mme Valton qui expliqua :

«Non, Hannibal. Winnie parle d'un lit, parce que c'est là-dedans qu'elle couchait sa poupée, mais en réalité il s'agissait d'un vieil attaché-case que lui avait donné mon mari parce qu'il ne s'en servait plus.

— Un attaché-case rigide et noir? demanda Hannibal dont les yeux brillaient plus que jamais. Comme une petite mallette à poignée, c'est bien ça?

— Oui... c'est bien cela. Anastasie était enfermée à l'intérieur.

— C'est également dans une petite mallette noire que se trouvait l'appareil de projection de mon père», fit remarquer Peter.

Hannibal remercia Mme Valton et promit à Winnie qu'ils reviendraient bientôt.

Les trois détectives reprirent leurs bicyclettes, pénétrèrent dans la cour des Crentch et, de là, dans le garage. Il y faisait encore suffisamment jour. Une fois de plus. les garçons tinrent conseil.

Bob exultait. Il sentait qu'Hannibal venait de découvrir un renseignement positif.

«Des mallettes noires! s'écria-t-il. Voilà le dénominateur commun que nous cherchions! Tous les objets volés se trouvaient sans doute à l'intérieur de mallettes de ce genre... comme la poupée et l'appareil de projection de ton père, Peter!

— Exactement, mon vieux! affirma Hannibal. C'est la seule chose que la poupée de Winnie pouvait avoir de commun avec le reste. Notre voleur est donc à la recherche d'un objet contenu dans une mallette noire.

— Admettons, dit Peter. Mais de quoi peut-il s'agir à ton avis, Babal?

— En tout cas, certainement pas d'un... commença Hannibal.

Il fut interrompu par un bruit venant de derrière le garage.

Le bruit d'un choc sourd qui fut suivi d'un grognement étouffé puis de pas furtifs...

Les trois garçons ne firent qu'un bond jusqu'à une petite fenêtre s'ouvrant au fond du garage. Ils distinguèrent alors, à la faible lumière du crépuscule, une silhouette qui s'évanouit parmi les épais buissons de l'arrière-cour de Peter.

« Le voleur ! » s'exclama celui-ci.

Les détectives se ruèrent au-dehors, contournèrent le garage et atteignirent les buissons envahis par les ténèbres. Mais rien ne bougeait à présent et l'on n'entendait plus aucun bruit.

Peter, qui s'était approché de la petite fenêtre à l'arrière du garage, se baissa soudain et ramassa quelque chose, juste au-dessous.

Tandis qu'il examinait sa trouvaille, son visage exprimait le plus grand ahurissement.

« Mais... c'est... c'est une patte d'animal ! » murmura-t-il enfin, sidéré.

Hannibal lui prit l'objet des mains pour l'examiner à son tour.

« Oui, dit-il. C'est une patte de loup... Elle ne date pas d'aujourd'hui. On dirait une sorte d'amulette. Peut-être un porte-bonheur...

— Je l'ai trouvée juste sous cette fenêtre, expliqua Peter. Celui qui l'a perdue écoutait notre conversation, mes amis. Il nous espionnait. Il a entendu ce que nous disions.

— Je parie que c'était le voleur à la cape noire ! » avança Bob.

Hannibal secoua la tête.

« Non, Bob ! Cet homme-ci était plus grand. Qui sait... ils sont peut-être plusieurs à courir après les mallettes noires... et leur mystérieux contenu !

— Et maintenant, l'un d'eux sait que nous sommes fixés sur le motif des vols, fit remarquer Peter tristement.

— Oui! répondit Hannibal dont les yeux continuaient à briller dans l'obscurité. Il sait... et c'est bien pour cela que nous le pincerons! Nous l'obligerons à venir à nous!

— Mais comment pourrons-nous l'y forcer?... commença Peter d'un air incrédule.

— Eh bien, désormais, il va certainement nous tenir à l'œil! expliqua Hannibal. De notre côté, nous ferons comme si nous étions nous aussi à la recherche d'une mallette noire... et nous ferons semblant d'en découvrir une! Nous agirons alors exactement comme si nous avions trouvé la bonne et alors...

— Je comprends! s'écrièrent en chœur Bob et Peter. C'est un piège!»

Hannibal sourit dans l'ombre.

«Oui! Un gentil petit piège à voleurs... où tombera, je l'espère, notre homme à la cape noire... et peut-être d'autres encore!»

Chapitre 3

Le piège fonctionne

Ce soir-Là, un brouillard léger flottait sur le port et l'étendue sombre du Pacifique. Les rues de Rocky étaient désertes et silencieuses. De loin en loin, des lampadaires s'efforçaient de trouer la brume de leur clarté pâle.

Quelque part, un chien aboya.

Un chat traversa vivement la rue où habitaient les Crench.

Puis, durant un moment, plus rien ne bougea.

Soudain, Peter apparut dans l'encadrement brillamment éclairé de la porte du garage de son père. Le grand garçon se mit à faire les cent pas sur le trottoir, comme s'il attendait quelqu'un. De temps en temps il regardait à l'intérieur du garage où plusieurs petites mallettes noires se trouvaient alignées. Les trois détectives les y avaient placées un peu plus tôt bien en vue pour quiconque se trouvait à l'affût.

Bientôt, Hannibal et Bob débouchèrent d'une ruelle voisine. Ils portaient une autre petite mallette noire et parlaient avec animation tandis qu'ils se hâtaient vers leur camarade.

« Alors, quoi de neuf? » interrogea Peter vivement.

Bob et Hannibal s'arrêtèrent, essoufflés.

« Babal pense avoir enfin trouvé! s'écria Bob.

— Donne-moi le temps de vérifier! » répondit le chef des détectives en pénétrant dans le garage éclairé.

Toutes portes ouvertes, les garçons se réunirent autour de la mallette noire qu'Hannibal venait de poser à terre. Celui-ci souleva le couvercle puis regarda ses camarades d'un air enthousiasmé. Peter regarda à son tour dans la mallette.

« Splendide! s'exclama Peter tout fort. Bravo, Babal! »

Hannibal éleva la voix.

« Je suis persuadé que c'est bien ce que cherchait notre voleur!

— Moi aussi, j'en suis sûr, renchérit Bob, également à haute voix. Qu'allons-nous en faire, Babal? »

Celui-ci parut réfléchir.

« Eh bien... commença-t-il. Il est déjà tard. Je devrais être de retour à la maison depuis une bonne heure. Je crois que nous ferions bien d'enfermer notre trouvaille dans ton garage, Peter. Et demain matin, nous la porterons à la police. Qu'en pensez-vous?

— Tu as raison, acquiesça Peter. Ce soir, il est trop tard pour agir.

— Moi aussi, je devrais être rentré chez moi depuis un bon bout de temps, ajouta Bob. Entendu! nous porterons l'objet à la police demain matin. »

La mallette noire fut placée sur un banc, dans un coin du garage. Peter éteignit les lumières puis ferma la porte avec un cadenas. Bob et Hannibal sautèrent sur leurs vélos et, après un bonsoir hâtif à leur ami, s'éloignèrent à grands coups de pédales et disparurent au coin de la rue. Peter rentra chez lui.

Dans la rue, sombre et brumeuse, ce fut de nouveau le silence.

En réalité, Hannibal et Bob n'étaient pas allés bien loin. Invisibles aux yeux d'un éventuel guetteur posté près de la maison des Crentch, les deux garçons avaient dissimulé leurs bicyclettes dans un bosquet d'eucalyptus puis, silencieusement, avaient entrepris de revenir sur leurs pas en se faufilant d'une cour à l'autre, au sein du bloc des maisons. Arrivés dans celle des Valton, ils se tapirent contre la haie qui séparait cette cour de celle des Crentch.

De leur cachette ils pouvaient voir la porte du garage de Peter, obscure maintenant. Ils s'avancèrent encore un peu, avec mille précautions, et se postèrent de manière à pouvoir bondir dans l'allée conduisant au garage en un minimum de temps.

Soudain, la fenêtre de la chambre de Peter, d'où l'on avait vue sur le garage, s'éclaira et bientôt le garçon apparut dans l'encadrement. Il achevait de boutonner le haut de son pyjama. Durant quelques secondes il resta là, bien visible, et bâilla à plusieurs reprises. Puis il se dirigea vers son lit et éteignit la lumière.

Dans la nuit brumeuse, rien ne bougeait. Une demi-heure s'écoula. Tassés dans leur haie, Hannibal et Bob commencèrent à s'impatienter. Le premier souffrait d'une crampe dans la jambe gauche. Le second se retenait avec peine de claquer des dents : le brouillard le glaçait! Un chat de gouttière mena soudain grand tapage autour des poubelles, dans la cour des Valton. Puis deux promeneurs nocturnes passèrent dans la rue, parlant tout haut, sans se gêner. Leurs voix s'éteignirent peu à peu.

Hannibal soupira tout bas : son plan n'avait pas l'air de marcher! Le voleur ne se montrait pas. Et les parents de Peter, qui s'étaient absentés pour la soirée, pouvaient revenir à tout moment, gâtant ainsi les choses.

Bob continuait à frissonner dans la nuit glacée. Les paupières d'Hannibal s'alourdissaient. Et puis, tout à coup, ce qu'ils attendaient se produisit.

« Babal! » murmura Bob dans un souffle.

Un homme venait d'apparaître dans l'allée des Crentch, faiblement éclairé par la lumière de la rue. C'était le voleur à la cape noire!

« Je le vois! » répondit Hannibal sur le même ton.

Le petit homme regarda nerveusement autour de lui dans l'obscurité. Puis, d'un pas résolu, il se dirigea vers le garage. Le chef des détectives chuchota à Bob :

« Pas de fausse manœuvre, surtout! Laissons-le entrer, puis nous refermerons les portes sur lui, de l'extérieur! Pendant que je garderai l'entrée, tu te dépêcheras d'aller surveiller la fenêtre de derrière. Peter n'aura plus qu'à téléphoner à la police! »

Bob fit signe qu'il avait compris, sans quitter des yeux le petit cambrioleur qui, tirant un instrument métallique de sa poche, s'attaquait déjà au cadenas du garage. Bientôt il disparut à l'intérieur. Hannibal se redressa.

« Victoire, mon vieux! souffla-t-il. A nous de jouer! »

Les deux compagnons sortirent en hâte de la haie et bondirent en avant... Au même instant une violente clarté les aveugla.

« Ouille! » ne put s'empêcher de dire Bob.

Lui et Hannibal tentaient vainement de se protéger de l'éblouissant rayon de lumière qui semblait jaillir du coin du garage le plus proche de la rue.

Aussi brusquement qu'il était apparu, le rayon lumineux s'éteignit et un bruit aussi étrange qu'effrayant emplit soudain la nuit. On eût dit qu'une bête féroce grognait tout en grinçant formidablement des dents!

Ce bruit venait exactement de l'endroit d'où

avait jailli le rayon de lumière. Tandis que les garçons, inquiets, essayaient de voir entre le garage et la rue, un visage leur apparut, baigné d'une lueur fantomatique.

Un visage, à vrai dire, qui n'avait rien d'humain. On eût dit le faciès d'un animal sauvage : énorme, planté de poils noirs hirsutes, avec des yeux rouges flamboyants et une bouche — ou une gueule? — monstrueuse et laissant voir de grandes dents pointues, prêtes à mordre, semblait-il.

Pour compléter le portrait, de longues cornes se dressaient sur la tête massive que surmontait une queue de cheveux. C'était une apparition propre à glacer le sang dans les veines.

« Ha... Ha... Hannibal! » bégaya Bob.

Incapables de bouger, les deux garçons contemplaient la face démoniaque... Tout à coup, la clarté qui la nimbait s'éteignit et l'on ne vit plus rien.

Frissonnants, les jeunes détectives semblaient collés au sol.

« Hannibal! Bob! »

C'était Peter qui, de sa fenêtre du premier, les appelait d'une voix pressante. Du doigt, il désignait l'allée.

« Vite! cria-t-il encore. Il file avec la mallette! »

En effet, le petit cambrioleur s'était glissé hors du garage et était passé devant Hannibal et Bob qui, sidérés, ne l'avaient même pas vu. A présent, quittant l'allée, il se précipitait dans la rue, sa cape noire volant derrière lui. Il tenait à la main la mallette noire que les détectives avaient déposée à son intention dans le garage, comme appât!

Bob fut le premier à retrouver ses esprits.

« Babal! Courons-lui après! »

Il s'élança dans l'allée, Hannibal sur ses talons. Peter les rejoignit au moment où tous deux débouchaient dans la rue.

«Par là!» s'écria-t-il en montrant le bas de la rue.

Le voleur à la cape courait droit à une petite voiture rouge garée non loin de là. D'un même élan, les trois garçons se précipitèrent et... Bob alla heurter de plein fouet un homme qui, au même instant, se dressait sur leur chemin.

«Que se passe-t-il? grommela l'inconnu en empoignant Bob. Ne pourriez-vous choisir une autre distraction que de bousculer les gens dans la rue?»

C'était un homme mince, aux cheveux gris, portant un lorgnon à l'ancienne mode. Ses yeux perçants clignotaient tandis qu'il se penchait en avant pour examiner les détectives d'un regard soupçonneux.

«L'homme qui s'enfuit là-bas est un voleur! expliqua vivement Bob en désignant le cambrioleur du doigt.

— Et il va filer!» ajouta Peter en constatant que l'homme à la cape bondissait au volant de la voiture rouge.

Le moteur se mit à ronfler. L'auto démarra. Navrés, les trois garçons la virent disparaître au coin de la rue.

«Un vol est une affaire sérieuse, jeune homme! déclara sévèrement l'étranger à Bob. Qu'est-ce que cet homme a volé au juste?

— Une mallette noire! répondit Archives et Recherches, tout bouillant d'indignation. Et si vous ne nous aviez pas retardés, nous...

— Et qu'y avait-il dans cette mallette? demanda encore l'inconnu.

— Heu... de... dedans?» bégaya Peter.

Hannibal l'empêcha de poursuivre.

«Nous ne pouvons pas vous révéler ce qu'il y avait à l'intérieur, monsieur! déclara-t-il courtoisement.

— Je vois! fit l'inconnu sans se départir de son air sévère. Je me demande à quoi vous jouez!

Allons, je ne saurais trop vous conseiller de mettre un terme à vos singeries! »

Et, là-dessus, il s'éloigna à grands pas. Hannibal le suivit d'un long regard pensif jusqu'à ce qu'il eut disparu au coin de la rue.

« Cet homme habite-t-il le quartier, Peter? demanda-t-il à son ami.

— C'est la première fois que je le vois, répondit l'interpellé. Dis donc, mon vieux! Tu crois qu'il nous a arrêtés pour permettre au voleur de filer? »

Hannibal hocha lentement la tête.

« Ce ne serait pas impossible!

— Babal! dit Bob à son tour. Que penses-tu... de ce visage que nous avons vu? Son apparition, elle aussi, a aidé le voleur. Qu'est-ce que c'était à ton avis? »

Hannibal haussa les épaules.

« Je n'en sais rien, mon vieux!

— De quel visage parlez-vous? » s'enquit Peter.

Bob décrivit l'être étrange et effrayant qu'Hannibal et lui avaient vu. Peter n'avait pu l'apercevoir de la maison, le garage faisant écran.

« Non! s'exclama le détective adjoint en avalant sa salive. Pas possible! Vous avez eu des hallucinations! Ce devait être le brouillard.

— Je suis certain de n'avoir pas rêvé, riposta Bob sèchement. En tout cas, une chose est sûre : le voleur nous a filé entre les doigts!

— Peut-être pas! murmura Hannibal en souriant à ses deux camarades. Je me suis méfié, voyez-vous. Par précaution, j'ai glissé un de nos « détecteurs-maison » dans la mallette noire! Avec un peu de chance, mes amis, il va nous permettre de retrouver l'homme à la cape.

— S'il n'est pas déjà trop loin! soupira Peter.

— Je ne pense pas, continua Hannibal. Il rôde par ici depuis deux jours. C'est pourquoi j'ai l'impression qu'il ne doit pas loger très loin. Essayons de le rattraper! »

Hannibal sortit de sa poche un petit appareil qu'il avait fabriqué lui-même. C'était un des « émetteursrécepteurs » de son invention dont les trois détectives se servaient parfois au cours de leurs enquêtes.

Il mit le contact et pressa le bouton « réception ». Durant quelques secondes, il ne se passa rien. Puis on entendit plusieurs « bip-bip », lents et réguliers.

« Chouette ! s'écria Hannibal. Il ne doit pas être à plus de trois kilomètres d'ici ! »

Et il se précipita à la suite de ses camarades qui, déjà, couraient à leurs bicyclettes.

Chapitre 4

L'attaque du démon

Les «bip... bip...» guidaient les garçons, dans la nuit, en direction de l'océan Pacifique. Tous trois pédalaient lentement à travers le brouillard, écoutant le signal et surveillant la flèche qui, sur le cadran de l'appareil d'Hannibal, leur indiquait la direction à suivre.

«Nous approchons! annonça le chef des détectives en constatant que les «bip» devenaient plus forts. Les signaux semblent venir du port... ou plutôt d'un peu plus loin, près de la plage...»

L'appareil de l'ingénieux Babal était à la fois simple et efficace. Quand on l'utilisait comme récepteur, les signaux s'accéléraient et augmentaient de puissance à mesure que l'on se rapprochait de l'émetteur. La flèche sur le cadran indiquait s'il fallait aller à droite, à gauche ou tout droit. L'appareil comportait en outre un signal de détresse, visuel celui-ci. Quand quelqu'un disait «Au secours!» dans l'un des appareils, un petit voyant rouge s'allumait sur le cadran de l'autre appareil.

Mais pour l'instant, bien sûr, les garçons n'en avaient pas l'utilisation.

«Tu as raison, murmura Peter tandis qu'ils approchaient de la plage. On dirait bien que notre gibier se terre par ici!

— La flèche pointe vers la gauche!» annonça Bob après un coup d'œil à l'appareil qu'Hannibal avait fixé sur son guidon.

Dépassant le port, les garçons s'engagèrent sur la route côtière, déserte par cette nuit brumeuse. Tous pédalaient en silence. On n'entendait que les «bip-bip» qui augmentaient d'intensité. Soudain, alors que les trois détectives venaient de dépasser une zone occupée par des motels, la cadence des signaux se ralentit tandis que leur intensité s'affaiblissait.

«Nous avons dépassé l'endroit! s'écria Bob.

— L'homme à la cape doit loger dans un de ces motels, dit Peter.

— C'est certain! acquiesça Hannibal. Ecoutez! Mieux vaut laisser les vélos quelque part et aller à pied. Il faut être prudents. N'oubliez pas que le voleur nous connaît.»

Les détectives cachèrent donc leurs bicyclettes dans un massif de plantes, entre deux motels, et se mirent à longer la route sombre avec précaution. Hannibal tenait son récepteur à la main. Les signaux devenaient plus forts. Soudain, l'aiguille pointa en direction de la plage.

«Il est sûrement là!» chuchota Hannibal.

Du doigt, il indiquait un motel qui émergeait de la brume, entre la route et la plage. Une enseigne au néon, rose et vert, le désignait à l'attention des voyageurs sous le nom de *Palm Court.* Des projecteurs multicolores en éclairaient la façade. C'était une construction d'un seul étage, composée de trois bâtiments en forme d'U, face à la route. Des voitures étaient garées dans l'espace central.

D'où ils étaient, les jeunes détectives pouvaient

apercevoir les véhicules. Au bout d'un moment, Peter hocha la tête.

« Ça ne colle pas, Babal! soupira-t-il. La petite voiture rouge n'est pas là!

— Peut-être l'homme à la cape a-t-il trouvé notre émetteur, suggéra Bob. Il a pu le laisser ici pour nous tromper!

— C'est dans les choses possibles, convint Hannibal d'un air malheureux.

— Il a eu tout le temps de nous jouer un tour, reprit Peter. Il lui a suffi d'ouvrir la mallette, de constater qu'elle ne contenait qu'un vieux morceau de ferraille... et l'émetteur, bien empaqueté!

— Dans ce cas, il aura compris que cette mallette n'était qu'une attrape! » conclut Hannibal fort déprimé. Soudain, sa voix se raffermit. « Mais ne nous désespérons pas avant de savoir si nous avons vraiment échoué, mes amis! Il nous reste à retrouver notre émetteur! »

Sans attendre ses compagnons, le chef des détectives se mit à trotter dans la brume. Les yeux fixés sur le cadran de son appareil, il contourna prudemment les bâtiments. Bob et Peter le suivirent. Une vaste plage s'étendait directement derrière le motel. Les garçons avançaient en silence sur le sable, parmi les palmiers où s'accrochaient des lambeaux de brouillard.

Soudain, l'aiguille pointa droit sur l'une des chambres.

« Elle est plongée dans l'obscurité, Babal! chuchota Bob. Il n'y a sans doute personne!

— Le voleur a filé! ajouta Peter.

— Peut-être s'est-il absenté un instant, mais va-t-il revenir, répondit Hannibal. Peut-être même n'a-t-il pas encore eu le temps d'ouvrir la mallette. Sait-on jamais? Allons, venez! »

Courbé en deux, le chef des détectives amorça son approche prudente. Ses compagnons le suivaient de près. Sous leurs pas, le sable crissait légèrement. L'aiguille indiquait toujours la direction de la chambre obscure cependant que les «bip-bip» augmentaient d'intensité.

Soudain, Hannibal jeta un ordre dans un souffle :

«Couchez-vous!»

Tous trois se jetèrent à plat ventre sur le sol. La porte de la chambre venait de s'ouvrir!

Une silhouette mince surgit sur le seuil et demeura là un moment, immobile, scrutant les ténèbres alentour.

Les jeunes détectives, retenant leur souffle, ne bougeaient pas. La brume les dissimulait, ainsi que le sable dans lequel ils s'étaient tapis.

L'homme, dont le visage n'apparaissait que comme une tache claire, se raidit soudain et parut tendre l'oreille.

«Flûte! songea Hannibal. Il a dû entendre nos «bip-bip»!»

D'une main tâtonnante il chercha le bouton qui commandait le signal sonore et appuya dessus. Le faible bruit avertisseur cessa. Hannibal respira lentement, à fond.

Là-bas, près du motel, l'homme continuait à épier la nuit. Le silence était total. Apparemment rassuré, l'inconnu commença à s'éloigner, en direction de l'angle du bâtiment. Au moment précis où il tournait le coin, la lumière d'un lampadaire éclairant de biais cette portion de terrain tomba sur lui.

Bob ouvrit de grands yeux.

«Hannibal! chuchota-t-il. Tu l'as reconnu? C'est l'homme aux cheveux gris... celui qui nous a empêchés de rattraper le voleur à la cape noire!

— Je savais bien qu'ils étaient de mèche tous les deux! murmura Peter, triomphant.

— On le dirait bien, en effet», acquiesça Hannibal.

Les trois amis restèrent à plat ventre dans le sable quelques instants encore. Comme l'homme ne reparaissait pas, ils se décidèrent enfin à se relever et à tourner le coin à leur tour, avec mille précautions. Ne voyant personne, ils se risquèrent parmi la végétation ornementale qui occupait l'espace libre entre le corps central du motel et l'aile voisine. Ils aperçurent leur suspect : après avoir traversé la cour servant de parking, celui-ci ouvrit la portière d'une grosse Mercedes noire et s'installa au volant. Presque aussitôt la voiture démarra.

Les jeunes détectives s'empressèrent alors de revenir à la chambre obscure d'où l'homme aux cheveux gris était sorti. A travers les rideaux mal joints de la fenêtre, ils virent le reflet intermittent des lumières au néon que laissaient passer les rideaux légers de la fenêtre donnant sur la façade. La chambre semblait inoccupée... mais des objets noirs s'entassaient sur le sol.

« Tiens ! Tiens ! » murmura doucement Hannibal.

Il se glissa jusqu'à la porte de derrière et en essaya la poignée : la porte s'ouvrit sans difficulté !

« Peter ! ordonna le détective en chef à son lieutenant. Fais le guet à la fenêtre de devant ! »

Tandis que le grand garçon traversait la pièce en quelques enjambées, Hannibal et Bob s'occupèrent des « objets » noirs qui n'étaient autres que des mallettes, genre attaché-cases rigides.

« Tout est là ! annonça Bob après vérification. Aucun des articles volés ne manque !

— Oui, dit Hannibal. Tout est là, en effet, y compris la poupée de Winnie et notre morceau de ferraille. Ceci ne nous avance pas à grand-chose. Nous ignorons toujours ce que cherche notre voleur ! Bob, fouille de ce côté !... Je vais fouiller de l'autre. Peut-être trouverons-nous un indice qui nous mettra sur la voie... »

Hélas ! la chambre était aussi nue qu'il était possible de l'être. En dehors des meubles et du butin retrouvé, elle ne contenait rien : ni valise, ni vêtements qui auraient pu révéler les intentions du voleur!

Peter s'agita soudain :

« Alerte! Une voiture rouge vient d'arriver! » Il regarda avec attention par la fente entre les rideaux et ajouta : « Je la reconnais. C'est celle de notre voleur!... Et le voilà en personne qui vient par ici!

— Sortons vite et surveillons ce qu'il va faire! » ordonna Hannibal.

Les trois amis sortirent par la porte de derrière et se postèrent près de la fenêtre. Peu après, la chambre s'éclaira. Pour la première fois, les détectives aperçurent le petit voleur en pleine lumière. Il était vraiment minuscule. Sa cape, qu'il avait rejetée en arrière, laissait voir une veste de sport fatiguée et un pantalon tout froissé. Les cheveux grisonnants, hirsutes, semblaient n'avoir jamais été peignés. Le visage, en lame de couteau, n'avait rien de séduisant : dents petites et aiguës, nez pointu, yeux larmoyants, en boutons de bottine. Pour tout dire, avec sa moustache tremblotante, il ressemblait assez à une souris mal venue.

« Eh bien! souffla Peter dans un soupir. Il n'a guère la tournure d'un cambrioleur!

— C'est vrai, acquiesça Bob tout bas. Regardez comme il semble nerveux! On dirait un rat effrayé. »

Debout sur le seuil, le petit voleur regardait fixement les mallettes noires sur le plancher. Quelque chose paraissait le tracasser. Il fronça les sourcils, puis son nez pointu se tortilla comme le museau d'une souris inquiète qui aurait flairé de dangereux effluves. Les trois garçons virent qu'il remuait les lèvres : sans doute se parlait-il à lui-même.

Hannibal donna un coup de coude à ses compagnons :

« Je crois qu'il a deviné que quelqu'un était entré dans sa chambre... murmura-t-il.

— Dans ce cas, filons loin d'ici!» conseilla sagement Peter.

Sans bruit, les détectives s'écartèrent de la fenêtre et gagnèrent la dune voisine. Des lambeaux de brume continuaient à tourbillonner dans l'air. Les grands palmiers qui bordaient la plage ressemblaient à des sentinelles fantômes. Les garçons tinrent conseil au pied de la dune.

«Ce type-là... Face-de-Rat... commença Bob... nous pourrions peut-être le capturer. Il n'est pas tellement costaud. A nous trois, nous en aurions facilement raison.

— Pas d'accord! répliqua Hannibal. Non, mon vieux! Ce serait chercher les ennuis. Le faire prisonnier dans le garage de Peter est une chose. S'emparer de lui comme ça en est une autre. Il est peut-être armé... et Dieu sait de quoi il serait capable s'il se trouvait dans une situation désespérée.

— Pourtant, grommela Peter, il faut bien tenter quelque chose!

— Je crois qu'il est temps de faire appel à la police! décida brusquement Hannibal. Toi, Peter, tu vas rester sur place et monter la garde. Toi, Bob, tu contourneras le motel et tu relèveras le numéro de la voiture rouge. Moi, je me débrouillerai pour dénicher un téléphone et alerter le commissaire Reynolds. Puis je reviendrai...»

Un éblouissant rayon de lumière lui coupa la parole. Cette attaque lumineuse s'accompagnait d'un épais nuage de fumée blanche tandis que, de la dune toute proche, s'élevait une sorte de chant sauvage et terrifiant :

«Ahhhhhhhrrrrrrr!»

Puis une forme hallucinante surgit au sommet de la dune.

«Le... le... visage...!» bégaya Bob.

C'était effectivement là le visage que Bob et Hannibal avaient précédemment aperçu près du garage de Peter! Un visage à la chevelure hirsute, avec de longues cornes, des yeux rouges, obliques et étincelants, des dents cruelles prêtes à mordre et à déchirer... bref, un visage de démon.

A présent, la forme se montrait entière, dans toute sa hideur. On distinguait l'imposante stature, le torse puissant et velu, les bras et les jambes couverts d'une sorte de rembourrage d'où sortaient également de longs poils. Le cou s'ornait d'un collier fait avec des os. La ceinture qui entourait la taille se composait également d'os, alternant avec des clochettes, des crécelles et d'étranges plantes. A mieux regarder, on constatait que, si la poitrine et le dos étaient velus, c'est qu'une peau de loup les recouvrait. La tête du loup, qui ressemblait à un énorme pendentif, semblait directement menacer les trois garçons de sa gueule béante.

« Qu'est... qu'est... qu'est-ce que... que c'est ? » bégaya Peter à son tour.

Avant que Bob et Hannibal aient eu le temps de répondre, l'extraordinaire apparition se mit à danser dans la nuit. Les cloches, crécelles et ossements tintaient, grinçaient et s'entrechoquaient de la plus affreuse manière. Lentement, lourdement, sans cesser de danser, la barbare créature se dirigea droit vers les détectives.

« Sauve qui peut ! » hurla Bob.

Chapitre 5

Panique...

Pris de panique, les trois garçons s'enfuirent en courant. La peur les rendait maladroits et le sable dans lequel leurs pieds s'enfonçaient ne facilitait pas leur fuite. D'invisibles obstacles les faisaient parfois trébucher.

« Essayons de gagner ces rochers, là-bas! » cria Peter.

Sur la droite, de gros rochers formaient un rempart naturel entre les dunes et l'océan dans lequel ils s'avançaient. Peut-être les trois détectives y trouveraient-ils un abri!

Hors d'haleine, ils atteignirent enfin leur but. Ce n'est qu'alors qu'ils osèrent regarder derrière eux.

« Il... il est parti! » annonça Bob d'une voix incrédule.

En effet, la plage s'allongeait, noire et déserte, sous leurs yeux. Rien ne bougeait dans la nuit, si l'on exceptait quelques voitures qui passaient là-bas, sur la route côtière, et dont on apercevait faiblement les phares à travers la brume.

« Ce truc... sur la dune... J'ai rêvé ou quoi? demanda Peter.

— Pas du tout ! C'était bien réel ! répondit Bob. Nous l'avons vu et entendu !

— Oui ! soupira Hannibal en se laissant tomber sur un rocher et en essayant de retrouver son souffle. Oui ! Nous l'avons vu et nous l'avons entendu, mais... qu'avons-nous au juste vu et entendu, mes amis ? »

Peter et Bob s'affalèrent sur le sable, à ses côtés.

« Oh ! là ! là ! s'écria Peter. Ne va pas me dire qu'il s'agit d'un fantôme, Babal ! Convaincs-moi plutôt que cette apparition est bien réelle... Ouille ! Non, non ! Qu'est-ce que je suis en train de raconter !

— Je ne pense pas que ce soit un spectre, Peter, murmura Hannibal encore tout haletant. Bien que certains phénomènes psychiques puissent provoquer des hallucinations que nous appelons fantômes, cette chose...

— Ne pourrait-il s'agir d'une farce, Babal ? demanda soudain Bob. Une espèce d'illusion ?

— Une illusion... un mirage... n'aurait pas foncé sur nous en dansant et en criant », affirma Peter.

Hannibal réfléchit.

« Je n'en sais rien, avoua-t-il.

— On aurait dit une sorte de démon, reprit Bob. Un démon moitié animal, moitié humain.

— Tu veux dire un diable ? demanda Peter, alarmé. Un vrai diable en chair et en os ?

— Il faut avouer qu'il offre une certaine ressemblance avec un sorcier de tribu indienne ! déclara Hannibal. Enfin ! Quoi que ce soit, cet épouvantail est destiné à nous effrayer à mort, c'est évident !

— Mais nous ne nous laisserons pas faire, n'est-ce pas, Babal ? protesta Bob.

— Oh, moi ! déclara Peter avec conviction, je suis déjà plus que mort. Mort et enterré. »

Hannibal et Bob sourirent dans l'ombre. Tous

deux savaient bien que, si Peter était relativement facile à effrayer, son courage reprenait le dessus au moment de l'action.

Les jeunes détectives continuèrent à discuter un moment. Les battements de leur cœur se calmaient peu à peu. De temps en temps, ils scrutaient le brouillard autour d'eux, d'un air inquiet, comme s'ils redoutaient le retour de la grotesque apparition dansante. Mais rien ne se produisit.

« Allons ! Maintenant, il est temps de nous reprendre ! déclara finalement le chef des détectives. Je propose que nous regagnions la route pour retourner au motel. Il faut mettre à exécution le plan que nous avons dressé. Seulement, mes amis, pendant que je préviendrai la police, vous feriez bien de monter la garde au cas où un second lascar entrerait dans cette chambre. Je suis persuadé qu'il doit y avoir au moins deux voleurs. Rappelez-vous la manière dont Face-de-Rat semblait se parler à lui-même ! En réalité, je crois qu'il s'adressait en fait à quelqu'un qui se tenait derrière lui, dans l'ombre, là où nous ne pouvions pas le voir.

Peut-être même son interlocuteur était-il cette chose que nous avons vue ! suggéra Bob.

— Ah non ! gémit Peter. Ce serait le bouquet ! Il ne manquerait plus que ces deux-là soient de mèche !

— De toute façon, dit Bob en riant, tu n'as plus rien à craindre maintenant. Notre épouvantail a disparu.

— Hou ! Non ! cria Peter. Regardez ! »

Tous trois s'immobilisèrent. Un sinistre grincement de dents s'élevait dans la nuit, suivi presque aussitôt par l'espèce de chant sauvage qui les avait terrifiés quelques minutes plus tôt :

« Ahhhhhhhrrrrrr ! »

Là-haut, sur les rochers, juste au-dessus de leur tête, le démon dansant venait de reparaître. Sa tête massive, ornée de cornes, ses yeux rouges, la double rangée étincelante de ses dents et la tête de loup qui sautait sur sa poitrine, tout dans l'aspect du monstre fascinait les trois détectives.

Tandis qu'ils restaient immobiles, comme pétrifiés, la diabolique apparition recommença à danser et à cambrioler. Le bruit que faisaient les os en s'entrechoquant dans la nuit était particulièrement horrible. Soudain, le démon hirsute se mit à hurler d'une voix caverneuse qui semblait, comme un écho, provenir de tous les côtés à la fois :

« Ceux qui défient les esprits seront anéantis ! »

La voix rompit le charme qui pétrifiait les garçons. Frappés de panique, ils se levèrent d'un bond pour fuir le long de la plage enténébrée. Hélas ! Le pied de Bob heurta un rocher à demi enfoui dans le sable, et le jeune détective s'étala de tout son long et si rudement qu'il en resta étourdi.

Peter et Hannibal, qui couraient devant, entendirent le bruit de la chute. Ils s'arrêtèrent pour jeter un coup d'œil en arrière. A leur grande horreur, ils aperçurent leur ami étendu sur le sable.

Là-haut, sur les rochers, la diabolique créature émit un rire sauvage et prit son élan pour sauter sur le garçon sans défense.

« Quc ccla vous scrvc dc leçon, profanateurs ! »

Rapide comme l'éclair, Peter se baissa, ramassa un galet sur le sable et le jeta de toutes ses forces en direction de l'apparition.

« Ahhhhhhhrrr !... »

Le démon recula, secoua sa tête massive, puis se prépara de nouveau à bondir.

« Aide-moi, Babal ! » cria Peter en lançant un second projectile.

Hannibal ramassa à son tour une pierre et la jeta. Sans répit, maintenant, les deux garçons lapidaient le monstre. Bob eut le temps de se ressaisir et se remit debout.

« Petits imbéciles ! Que cela vous serve d'avertissement ! »

Un éclair, un nuage de fumée blanche... et le démon disparut!

«Ouf!» fit Peter en avalant sa salive.

Bob, haletant, rejoignit ses compagnons.

«Merci, mes amis! Pendant une minute j'ai bien cru...

— Tout va bien! coupa Peter. Il est parti!

— Jetons un coup d'œil là-haut!» proposa Hannibal.

Sans grand enthousiasme, ses compagnons le suivirent sur les rochers. Ils regardèrent alors autour d'eux. Rien ne bougeait, ni sur la plage, ni parmi les rochers, nulle part! L'apparition, une fois de plus, semblait s'être volatilisée. Hannibal se baissa.

«Des cendres! annonça-t-il en touchant un petit tas de résidus blanchâtres. Des cendres chaudes!»

Il semblait que ce fût là tout ce qu'il restait de la monstrueuse apparition.

«Re... rentrons chez nous! dit Peter, fort peu rassuré.

— Pas encore! répliqua Hannibal d'une voix ferme. Nous ferons exactement ce que nous avons décidé...»

Peter gémit.

«Tu veux dire... retourner au motel?

— Oui, mon vieux! Et téléphoner au commissaire Reynolds!»

La police fut sur place dix minutes après l'appel d'Hannibal... Hélas! C'était trop tard! Quand Peter et Bob arrivèrent au motel, ils constatèrent que la petite voiture rouge avait disparu, avec, sans doute, le voleur qu'ils avaient baptisé Face-de-Rat au volant... Cependant, les mallettes volées se trouvaient encore dans la chambre.

«Le directeur du motel déclare que votre voleur était seul, expliqua le commissaire Reynolds aux trois détectives. Il a réglé sa note et n'a pas laissé d'adresse. Bien entendu, il a dû prendre cette chambre sous un faux nom. Reste la possibilité de retrouver la voiture — une Datsun. Elle doit être loin à l'heure qu'il est, mais nous finirons bien par mettre la main dessus. Et nous ne nous laisserons pas arrêter par de diaboliques apparitions», acheva-t-il avec un petit rire fort désobligeant pour les trois amis.

Hannibal lui répondit par un sourire poli.

«C'est égal, jeunes gens, continua le commissaire. Vous avez fait du bon travail. Tous les objets volés sont ici et nous veillerons à ce qu'ils soient restitués à leurs légitimes propriétaires. Félicitations! Vous venez de remporter une nouvelle victoire. Allons, venez! Je vais vous reconduire chez vous!

— Merci, monsieur le commissaire, répondit Hannibal. Mais nous sommes venus avec nos vélos. Nous rentrerons de même.»

Après avoir récupéré l'appareil de projection de M. Crentch et la mallette contenant l'émetteur-récepteur d'Hannibal, les jeunes détectives se mirent en route. Ils pédalèrent en silence jusqu'au bric-à-brac des Jones. Alors que Peter et Bob se préparaient à prendre congé de leur chef, celui-ci déclara soudain :

«Nous nous réunirons de bonne heure demain matin, mes amis! Ce mystère ne sera totalement élucidé que lorsque la police aura arrêté le voleur. Peut-être y aura-t-il du neuf à ce sujet d'ici demain. De notre côté, qui sait si nous ne pourrons pas découvrir quelque indice concernant cette apparition du diable! De toute façon, ce n'était pas un mirage!

— Tu... tutu... tu es bien sûr, Babal? demanda Peter d'une voix tremblante.

— Ne fais pas l'idiot, mon vieux. Quand tu l'as atteint avec ta pierre, le démon a crié et a failli perdre l'équilibre. As-tu déjà entendu un mirage crier?

— Il s'agit donc d'une créature bien réelle? dit Bob.

Sans aucun doute! assura Hannibal. Mais est-elle bien humaine? Voilà ce que je me demande... »

Chapitre 6

Hannibal fait des déductions

« J'ai l'impression, commença Hannibal, que ce cas est plus compliqué qu'il n'y paraît. Et je crois aussi que nous n'en sommes qu'au début de l'affaire ! »

Les trois jeunes détectives venaient de se réunir dans leur Q.G. secret. Ce matin-là, après avoir expédié leur petit déjeuner, Bob et Peter s'étaient hâtés de rejoindre leur chef, occupé à écrire dans un grand registre.

« Dis-moi, Babal, demanda Peter, la police n'a encore rien trouvé ?

— Non, mon vieux. Ou plutôt, si, ils ont retrouvé la voiture rouge, abandonnée en plein centre de la ville. C'est le commissaire Reynolds qui me l'a appris au téléphone, il y a quelques minutes à peine. Mais la piste du voleur s'arrête là. La bagnole était louée... et sous un nom d'emprunt par-dessus le marché. Reynolds est convaincu que le voleur a quitté Rocky. Mais pas moi ! En fait, je suis sûr qu'il n'est pas loin !

— Qu'est-ce qui te le fait croire ? demanda Bob.

— A mon avis, Face-de-Rat n'a pas encore trouvé ce qu'il cherche. Rappelez-vous! Tous les objets volés ont été abandonnés dans la chambre du motel! D'autre part, si l'homme à la cape avait découvert ce après quoi il court, il n'aurait pas essayé de nous effrayer sur la plage!

— Peut-être est-il arrivé à ses fins cette nuit, après avoir quitté le motel, suggéra Bob.

— C'est possible, mon vieux, mais peu probable! Le commissaire Reynolds m'a affirmé qu'on n'avait signalé aucun autre vol dans le quartier de Peter. D'où je conclus que Face-de-Rat cherche toujours.

— Et où diable peut donc se nicher ce mystérieux objet? grommela Peter.

— A nous de le découvrir!

— Mais comment?

— Par la logique et la déduction! déclara pompeusement Hannibal. Et pour commencer, résumons ce que nous savons...

— Le voleur court après un objet contenu dans une petite mallette noire!

— Et il sait que cet objet se trouve quelque part dans le pâté de maisons où habite Peter.

— Et cet objet, continua Hannibal, n'appartient à personne de ce quartier!»

Bob et Peter regardèrent leur chef d'un air stupéfait.

«Explique-toi! murmura Bob.

— Très volontiers. De toute évidence, notre voleur sait ce qu'il cherche, mais il ignore *où* se trouve l'objet et *qui* le détient. S'il possédait ce renseignement, il n'aurait volé que dans un seul endroit. Or, il a dérobé des mallettes noires un peu partout dans le voisinage de Peter.

— Tout de même, protesta Bob, il doit bien avoir une idée de la personne à qui appartient l'objet en question!

— Oh! il en a une idée précise... A lui-même!

déclara Hannibal. Du moins, il l'a eu récemment entre les mains, j'en suis persuadé.»

Peter avait l'air plus ahuri que jamais, mais Bob comprit.

«Tu veux dire qu'il s'agit d'un objet qu'il aurait perdu? s'exclama-t-il. Oh! tu as raison! Ce doit être ça!

— Bien sûr! affirma Hannibal. Il a perdu l'objet... ou bien on le lui a volé!»

Bob se mit à penser tout haut.

«Il ignore qui le lui a pris ou qui l'a trouvé... mais, d'une manière ou d'une autre, il sait que l'objet se trouve dans le quartier de Peter.»

Peter n'y voyait pas encore clair.

«Mais, Babal, pourquoi Face-de-Rat ne réclame-t-il pas tout simplement son bien? S'il a été volé, il n'a qu'à porter plainte à la police. Et, s'il a perdu l'objet, il n'a qu'à faire du porte-à-porte pour demander si l'on n'a rien trouvé!

— Ce n'est pas si simple que cela! répliqua Hannibal. Je crois que, en fait. l'objet ne lui appartenait pas vraiment! C'est pour cela que le bonhomme agit secrètement, rôde dans le quartier, chipe des mallettes à droite et à gauche et, parallèlement, essaie de nous faire peur. L'objet manquant doit être quelque chose d'important, sans doute de grande valeur... quelque chose qu'il a lui-même volé!

— Nom d'un pétard! s'exclama Peter, illuminé. Il l'a fauché et puis il l'a perdu!

— Oui. C'est exactement ce que je crois!»

Bob réfléchissait. Il hocha la tête.

«Tu sais, Babal, je ne me souviens d'aucun vol important à Rocky, ces derniers temps!

— Qui te dit que l'objet a été volé à Rocky? riposta Hannibal. Il se peut aussi que le vol n'ait pas encore été découvert. Face-de-Rat semble drôlement pressé de remettre la main sur ce qu'il cherche!

— Dis donc, Babal! murmura Peter qui réfléchissait de son côté. Si le voleur ne sait pas qui a récupéré le butin, comment peut-il être sûr qu'il s'agisse de quelqu'un de mon quartier?

— Voilà précisément ce que nous devons découvrir!»

Bob et Peter se regardèrent d'un air navré. Hannibal avait perdu le sens de la réalité! La mimique de ses associés ne parut guère impressionner le chef des détectives. Il se contenta de sourire d'un air satisfait. On eut dit un gros matou en train de digérer le plus savoureux des canaris.

«Je me demande, soupira Bob, par où commencer...»

Le sourire d'Hannibal s'élargit encore.

«Rassure-toi, Bob,.. nous avons déjà commencé... Allons, fais un peu travailler tes méninges. Quand les vols ont-ils débuté?

— Il y a deux nuits, répondit vivement Peter.

— Parfaitement. Et j'imagine que Face-de-Rat a dû très vite s'apercevoir de la disparition de sa mallette noire. Il s'est certainement lancé à sa recherche sans délai. J'en déduis qu'il l'a sans doute perdue au cours de la journée précédant les premiers vols... disons en fin d'après-midi.

— Quelque part à proximité de chez Peter? suggéra Bob.

— Hé oui! Maintenant, voulez-vous me dire de quelle façon peut-on perdre une mallette renfermant un objet de valeur? Un objet sur lequel on veille jalousement et qu'on ne perdrait certainement pas dans des conditions normales?

— Il faut, précisément, que les conditions aient été anormales! répondit Bob avec vivacité.

— Tout juste, mon vieux! Un événement sortant de l'ordinaire a distrait l'attention de Face-de-Rat, ou même l'a effrayé...

— Peut-être un ennemi le poursuivait-il? suggéra Bob. Le type aux cheveux gris et aux lorgnons?

— Ou bien la police était à ses trousses? proposa Peter à son tour.

— Ou il a eu un accident de voiture! dit Hannibal. Un accident qui l'aura forcé à quitter sa voiture avec la mallette! Et puis il aura été obligé de remonter en voiture en vitesse et de prendre la poudre d'escampette...

— En laissant la mallette derrière lui, acheva Bob. Ce n'est pas une mauvaise idée. Mais comment vérifier si elle est valable?»

Cette fois, Peter comprit plus vite que son camarade.

«Hannibal nous fait marcher, mon vieux! Il sait déjà à quoi s'en tenir. Je parie que cet accident de voiture a bel et bien eu lieu. N'oublie pas qu'il vient de téléphoner à Reynolds!»

Le sourire d'Hannibal, cette fois, lui remonta jusqu'aux oreilles.

«Bien deviné, Peter! Il y a deux jours, à cinq heures et demie de l'après-midi, exactement, une voiture a quitté la chaussée pour entrer dans une cour, juste au coin de la rue de Peter! Elle a défoncé la barrière. Le conducteur est descendu... puis il a été pris de panique, a repris le volant et a filé... Personne n'a relevé le numéro du véhicule mais, d'après les témoins, il s'agissait d'une Datsun rouge. Je suis persuadé que le conducteur était Face-de-Rat. Dans son affolement, il a perdu sa mallette. Nous allons donc...»

Soudain, Peter leva la main pour réclamer le silence. Tous prêtèrent l'oreille. Dehors, deux personnes discutaient ferme. Le ton montait.

«Regardons par le périscope!» dit Bob.

Peter fit monter l'appareil, qu'Hannibal avait fabriqué lui-même avec son ingéniosité habituelle, et colla son œil à la lentille. Il vit alors distinctement les objets de rebut qui camouflaient la caravane et, au-delà, il apercevait la cour du bric-à-brac.

« C'est ta tante Mathilda ! » annonça-t-il à Hannibal.

Les autres le virent se raidir brusquement. Il chuchota :

« Elle parle à l'homme mince... celui qui a des cheveux gris et porte lorgnon... celui qui nous a empêchés de rattraper le voleur... le même que nous avons vu sortir de la chambre de Face-de-Rat, hier soir, au motel... Ah ! Il s'en va !

— Vite ! » s'écria Hannibal,

Les jeunes détectives passèrent par la trappe et rampèrent en toute hâte le long du tunnel numéro deux. Ils contournèrent ensuite en courant l'énorme montagne des objets de rebut et aperçurent enfin la tante Mathilda qui suivait des yeux la retraite de l'homme aux cheveux gris.

Celui-ci monta dans la même grosse Mercedes noire que les garçons avaient vue dans le parking du motel. La voiture démarra aussitôt.

Haletant, Hannibal demanda :

« Qui était-ce, tante Mathilda ? Que voulait-il ?

— Je l'ai surpris à rôder dans notre cour et, quand j'ai voulu savoir ce qu'il faisait là, il m'a demandé si quelqu'un... sans doute un jeune garçon ou même trois jeunes garçons... ne m'avaient pas vendu quelque chose qui se trouvait dans une mallette noire... »

Elle fixa des yeux soupçonneux sur le trio et ajouta :

« Il semblait en colère. Vous ne lui auriez pas joué quelque mauvais tour, par hasard ?

— C'est plutôt lui qui est en train d'en préparer un ! » répondit Peter avec indignation.

Hannibal expliqua le mystère des mallettes noires, exposa leurs propres soupçons et déclara que, dans cette affaire, lui et ses camarades aidaient le commissaire Reynolds.

« Nous allons à l'instant enquêter là où cet accident de voiture s'est produit, tante Mathilda ! Il faut absolument que nous retrouvions la fameuse mallette!

— Hannibal! J'ai du travail pour toi!» gronda la tante.

Le garçon eut l'air tellement déçu que la brave femme s'adoucit.

«Enfin... du moment que c'est pour aider la police! »

Les détectives bondirent sur leurs vélos...

Chapitre 7

Réponse à une devinette

La « maison de l'accident » était un pavillon blanc, peu éloigné de la villa des Crentch. Bâti en retrait de la rue, et protégé par une barrière également blanche, il était précédé d'un joli jardin plein de roses dont les teintes vives contrastaient agréablement avec le vert tendre d'une pelouse bien entretenue. Hélas! pour l'instant, la barrière était défoncée, les massifs de roses écrabouillés et la pelouse avait piteux aspect. Un chauffard était passé par là!

Hannibal sonna à la porte. Une femme aux cheveux blancs leur ouvrit, l'air furieux. Son regard, par-dessus l'épaule des garçons, erra malgré elle sur son jardin saccagé. Elle grommela :

« Que voulez-vous? J'ai assez d'ennuis comme ça sans que des gamins viennent encore me tourmenter!

— Nous sommes navrés de ce qui est arrivé à votre jardin, madame, répondit Hannibal de sa voix la plus charmeuse. Nous sommes ici pour...

— Pouvez-vous nous dire qui a fait ça? coupa Peter, impatient d'aller droit au but.

— Je n'ai pas de temps à perdre... commença la femme.

— Bien sûr, madame ! s'empressa de dire Hannibal en faisant signe à Peter de se taire. Je comprends que cet affreux gâchis vous désole. Cette magnifique Reine Elizabeth... et cette splendide Lincoln... Comme c'est triste ! »

La femme parut surprise.

« Vous vous y connaissez en roses, jeune homme ? demanda-t-elle. Vous en cultivez peut-être aussi ?

— Mais pas d'aussi belles que les vôtres, hélas ! soupira Hannibal.

— Je dois reconnaître, avoua la femme d'un air satisfait, que les miennes ont remporté plusieurs prix. »

Hannibal regarda les massifs endommagés et hocha la tête avec sympathie.

« Il paraît que le responsable de ce vandalisme a pris la fuite sans demander son reste ?

— L'horrible petit bonhomme ! s'exclama la femme. Il a filé sans un mot !

— Un homme très petit, n'est-ce pas ? Avec une cape noire ?

— Oui, oui. Sa voiture rouge a dérapé. Il a enfoncé ma barrière. Je l'ai vu sauter à terre. Il craignait sans doute que le réservoir d'essence n'explose. Puis, voyant que rien ne se passait, il s'est remis au volant, a fait machine arrière et a pris la fuite. Quelques-uns de mes voisins ont essayé de l'arrêter, mais sans succès. Il a disparu avant même qu'on ait eu le temps de relever son numéro.

— Et, bien sûr, il n'a rien laissé derrière lui qui permette de l'identifier ? Une... mallette, par exemple ?

— Je n'ai rien vu ! soupira la femme tristement. Il faut dire que je n'ai pas eu le temps de voir grand-chose. Tout s'est passé tellement vite ! Et les gens ont immédiatement envahi mon jardin.

— Ils espéraient vous rendre service, murmura Hannibal. Eh bien... je vous remercie, madame.»

Suivi de ses camarades, il quitta les lieux de l'accident.

«L'auteur de ces dégâts était bien notre voleur! résuma Bob.

— Tu avais deviné juste, Babal. Il est bien sorti de sa voiture, ajouta Peter.

— Oui... murmura distraitement le chef des détectives. Qui sait! Peut-être un voisin pourra-t-il nous en apprendre un peu plus long!»

Dans le jardin suivant, un homme était occupé à arroser sa pelouse. Les trois amis l'abordèrent.

«S'il vous plaît, monsieur, demanda poliment Hannibal, pourriez-vous nous donner quelques détails sur l'accident de voiture qui s'est produit à côté? Nous faisons une enquête...

— Une enquête? répéta l'homme en regardant les garçons d'un air soupçonneux.

— Pour notre école! acheva vivement Bob. Notre professeur d'études sociales nous a chargés d'étudier le comportement des chauffards qui provoquent des accidents et prennent ensuite la fuite!»

Hannibal oubliait parfois que les grandes personnes avaient tendance à ne pas prendre les détectives au sérieux. Souvent même ils refusaient de discuter avec eux. Bob, au contraire, s'était rappelé que les adultes s'intéressent toujours aux enquêtes scolaires menées par les jeunes.

«Ah, bon! fit l'homme en souriant. Je comprends. Il faut encourager les gens à respecter la loi. Mais je crains de ne pouvoir vous aider beaucoup, mes petits. J'étais à la maison quand j'ai entendu cette voiture déraper et heurter la barrière de ma voisine. J'ai jeté un coup d'œil par la fenêtre. Le moteur commençait à fumer. Alors le conducteur a sauté à terre. Il tenait une mallette à la main, sans doute une trousse à outils. Il devait craindre que la voiture n'explose. Mais ce n'était qu'une durite endommagée, facile à réparer au premier garage venu. Je suis sorti et...

— Il avait une mallette! s'exclama Peter. Qu'est-ce qu'il en a fait?

— Je n'en sais rien. Les badauds commençaient à s'attrouper. Il y avait des tas de gosses. Je ne voyais plus grand-chose. Mais Kastner, de l'autre côté de la rue, pourra peut-être vous en apprendre davantage. Il passe sa vie dans son jardin.»

Les jeunes détectives remercièrent leur informateur et traversèrent la rue. Sous le porche d'une maison d'un bleu agressif, un vieil homme prenait l'air.

«Je connais M. Kastner, expliqua à mi-voix Peter à ses camarades. Il est diacre au temple.»

Comme le trio s'approchait du vieillard, Peter dit tout haut :

«Bonjour! monsieur Kastner! Pouvons-nous vous poser quelques questions sur...

— Sur l'accident, hé, Peter! fit le vieux en clignant de l'œil d'un air malin. J'ai remarqué vos allées et venues, jeunes gens! Je parie que les trois détectives sont après ce maudit chauffard, pas vrai?

— Tout juste, monsieur! acquiesça Peter avec un sourire. Si vous pouviez nous fournir quelques détails...

— J'ai tout vu, mon garçon. Que voulez-vous savoir au juste?

— Le conducteur tenait une sorte de mallette à la main, dit Bob. L'avez-vous vue? Peut-être l'homme l'a-t-il laissée derrière lui?... Une petite mallette noire?

— Parfaitement, mon garçon. Il l'avait et il l'a oubliée. C'est du reste ce que j'ai expliqué au détective...»

Hannibal fronça les sourcils.

«Quel détective, monsieur?

— Bah! Un type qui est arrivé cinq minutes

à peine après l'accident de la Datsun. Un type minuscule, avec un museau de fouine et un complet veston défraîchi. La police devrait les payer davantage. Il voulait savoir si j'avais aperçu une mallette noire traînant à terre. Je lui ai dit que j'en avais vu une, en effet... mais que j'avais également vu un garçon la ramasser. Un jeune de ton âge, Peter, ou peut-être un peu plus âgé. Son visage ne m'est pas inconnu. Je l'ai déjà rencontré dans le quartier, mais je n'arrive pas à me rappeler qui il est!

— Qu'a-t-il fait de la mallette? demanda Bob.

— Ce garçon était à vélo. Dès qu'il a eu ramassé l'objet, il a filé avec. Je l'ai vu tourner le coin de la rue, là où habite Peter! Et il n'est pas revenu! C'est ce que j'ai raconté à ce détective. Il est alors parti en courant, très agité et marmonnant quelque chose...» Le vieillard plissa le front. «Tiens! murmura-t-il. C'est curieux! Maintenant que j'y pense, ce détective était à pied. Il n'avait pas de voiture.

— Merci, monsieur Kastner!» dit Peter.

Les garçons s'empressèrent d'aller discuter plus loin.

«C'était le voleur, n'est-ce pas, Babal? demanda Bob. Face-de-Rat s'est fait passer pour un détective!

— Bien sûr! Et M. Kastner lui a parlé du garçon à vélo! Voilà pourquoi notre homme sait qu'il doit chercher dans le quartier : le visage du garçon est familier à M. Kastner, c'est donc qu'il demeure dans le coin!»

Bob secoua la tête.

«Rien ne prouve que M. Kastner lui ait confié ce détail. De toute façon, cela ne prouverait pas de façon certaine que le garçon habite par ici. Puisqu'il était à vélo, il a très bien pu venir de beaucoup plus loin. M. Kastner a précisé qu'il avait tourné le coin de la maison de Peter... et qu'il ne l'avait pas vu revenir!

— C'est ça! s'écria Harmibal. C'est donc ça! Le chantier!

— Mais oui! cria Peter, illuminé à son tour. La tranchée! Quand on a tourné le coin, tout au bout de la rue, la chaussée est défoncée. Une tranchée coupe la rue d'un trottoir à l'autre. Il est impossible de passer par là à vélo. Le bout de la rue est même interdit aux piétons, momentanément.

— Ainsi, enchaîna Hannibal, si ce garçon a tourné là et qu'il n'est pas revenu, c'est qu'il loge dans les parages. Peter! Connais-tu des garçons de notre âge qui habitent là?

— Je ne vois qu'un certain Joe Marsh, qui vient de s'installer avec sa famille. Il habite à quatre maisons de la mienne. Ah! Et puis il y a aussi Frankie Bender, que j'allais oublier... tu sais, Babal, ce fainéant qui fréquente une bande de voyous?

— Oui, je vois qui c'est. Eh bien, allons les trouver! »

Peter commença par conduire ses amis jusqu'à une coquette villa, quatre maisons plus loin que la sienne. Une femme au visage ouvert et sympathique leur ouvrit. Peter demanda à parler à Joe.

« Vous êtes Peter Crentch, n'est-ce pas? dit la femme en souriant. Joe sera navré de vous avoir manqué, mais il n'est pas là : il est en séjour chez sa grand-mère, à San Francisco.

— Quand sera-t-il de retour?

— Pas avant une semaine, Peter. »

Après l'avoir remerciée, Peter entraîna ses camarades vers un lot de baraques peu engageantes, presque au bout de la rue.

« Je crois que c'est là qu'habite Frankie Bender, expliqua-t-il tout en remontant une allée en direction d'un pavillon d'aspect délabré. Ça ne me dit rien de parler à ce gars-là, mais si quelqu'un peut faire avancer notre enquête, c'est bien lui.

— Attention à ce que nous allons dire, recommanda Hannibal. Il ne faut pas lui laisser deviner... »

Il s'interrompit brusquement et leva la tête vers l'arbre sous lequel il se tenait. Une pluie de feuilles venait de s'abattre sur lui tandis qu'un objet invisible lui sifflait aux oreilles.

« Hé là!... » commença Bob.

Un autre projectile vola au-dessus d'eux. Petit, rapide, sifflant comme une balle, il déchiqueta à son tour les feuilles de l'arbre. Il fut immédiatement suivi d'un autre... puis d'un autre encore.

« Ouille! cria Peter en se sentant frappé à l'épaule.

— Tous à terre! » ordonna Hannibal.

Les détectives se jetèrent à plat ventre. Au-dessus d'eux le bombardement continuait...

Chapitre 8

La mallette noire

« Ha ha, ha !

Un rire moqueur tomba du haut du garage délabré qui flanquait le pavillon. Là, sur le toit, se trouvait un garçon large et courtaud, à peu près de l'âge de Peter. Il ressemblait à une grosse araignée embusquée, prête à sauter sur sa proie. Il tenait à la main une fronde.

« Ping ! Ping ! Ping ! dit le garçon d'un air railleur. J'aurais pu vous tirer comme des lapins. Vous n'êtes même pas capables de vous mettre à l'abri ! Quelle bande de crétins ! »

Peter, furieux, se releva d'un bond.

« Tu m'as touché à l'épaule, espèce d'idiot ! Sais-tu que tu aurais pu m'estropier ? Une fronde, surtout de cette taille, est une arme dangereuse.

— L'idiot, c'est toi ! » répondit Frankie Bender. Il sortit quelque chose de sa poche, l'ajusta à sa fronde et visa Peter. « Tu vois ? J'utilise seulement des billes de bois. Et puis, je suis un fin tireur. Je voulais vous faire peur, c'est tout ! Regarde ! »

Bender tira. Le projectile bourdonna au-dessus de Peter, à quelques centimètres à peine de sa tête. Peter pâlit mais ne broncha pas. Hannibal s'approcha du garage et leva les yeux sur le garçon qui riait.

« Cesse donc de faire l'imbécile ! lui dit-il calmement. Un jour ou l'autre tu blesseras quelqu'un et tu auras des ennuis. D'ailleurs, je crois qu'il existe une loi interdisant cette sorte de fronde.

— Oh ! là ! là ! le prêcheur ! fit Bender en ricanant pour cacher sa gêne. On dirait que tu n'aimes pas beaucoup la plaisanterie...

— Des farceurs comme toi ne devraient pas avoir de fronde ! s'écria Peter, furieux.

— J'ai bonne envie, poursuivit Hannibal, toujours aussi calme, de te signaler à la police. »

Du coup, le sourire de Bender disparut. Du haut de son perchoir, il foudroya Hannibal du regard.

« Je ne te conseille pas d'essayer, mon vieux, dit-il d'une voix menaçante. Et d'abord, qu'êtes-vous venus faire ici, tous les trois ? Vous êtes dans ma propriété. Vous avez commis un délit. Vous vous êtes introduits chez moi sans autorisation ! Je n'ai fait que me défendre. »

Bob éclata de rire.

« J'ai l'impression que tu n'es guère au courant des lois, mon vieux ! Tu as encore beaucoup à apprendre !

— N'essaie pas de faire le malin, Bender, dit à son tour Hannibal d'un ton sec. Nous sommes ici pour récupérer une mallette noire que tu as volée il y a deux jours, au moment de l'accident de voiture qui s'est produit dans le quartier. Nous voulons la mallette... et ce qu'elle contient !

— Hé ! Comment sav... ? »

Le gros garçon s'interrompit net. Ses yeux porcins reflétèrent une soudaine inquiétude. Il se reprit :

« Quelle mallette ? Je veux dire... je ne comprends pas de quoi vous parlez !

— Inutile de mentir, mon vieux, coupa Peter. Quelqu'un t'a vu la ramasser.

— Ce n'était pas moi! protesta Bender.

— Veux-tu qu'on te confronte avec les témoins? proposa Bob.

— Puisque vous êtes tellement sûrs de vous, pourquoi les flics ne sont-ils pas déjà ici?

— Parce qu'ils ne savent pas encore ce que, nous, nous savons! répliqua Hannibal. Ecoute, Bender... le conducteur de la Datsun est un voleur. Ce qui se trouve dans la mallette est un objet volé! Tu vas avoir de gros ennuis!

— Je ne sais pas de quoi vous parlez!» répéta Bender avec obstination.

Hannibal secoua la tête d'un air excédé.

«Ne sois pas stupide. Si tu n'es pas inquiété par la police, tu peux être sûr que tu le seras par le voleur. Il est à la recherche de la mallette. S'il découvre qu'elle est en ta possession...»

Debout sur le toit du garage, Bender se mordait les lèvres et réfléchissait. On le devinait tendu et inquiet. Mais c'était un garçon buté.

«Bah! dit-il enfin. Vous essayez de me faire marcher. Je n'ai jamais vu cette mallette noire. Et maintenant, filez en vitesse! Sinon, je siffle pour appeler mes copains qui auront tôt fait de vous aider à déguerpir.

— Tu vas nous obliger à alerter la police, déclara Hannibal.

— Tu ne me fais pas peur, Hannibal Jones! Et si tu ne fiches pas le camp c'est peut-être bien moi qui vais appeler les flics! Je vous ordonne de filer!

— Descends donc et viens nous dire ça de plus près! dit Peter en riant.

— Si tu l'oses... sans le concours de ta bande de voyous!» ajouta Bob.

Bender devint rouge de colère.

«Attendez! Vous allez voir!»

Hannibal conseilla sagement à ses amis :

«Il vaut mieux partir. Venez!»

A contrecœur, Bob et Peter suivirent leur chef.

Tous trois regagnèrent la maison de Peter, où ils avaient laissé leurs bicyclettes.

« Dis donc, Babal ? demanda Bob. Nous n'allons pas abandonner ?... Je suis certain qu'il a la mallette !

— Ça, tu peux parier ta chemise dessus ! s'écria Peter.

— Bien sûr, qu'il l'a ! affirma Hannibal. Mais nous l'avons inquiété. Il va attendre un bout de temps pour s'assurer que nous sommes bien partis, puis il se dépêchera d'aller voir si le butin est toujours là où il l'a mis.

— Tu crois qu'il va nous conduire à la cachette ? demanda Peter.

— C'est probable ! déclara Hannibal. Il était impatient de se débarrasser de nous. On le sentait nerveux. Il va se précipiter pour voir si le voleur ne lui a pas repris la mallette... et nous serons là ! »

Les trois détectives entrèrent ostensiblement dans le jardin de Peter et disparurent dans la cour de derrière. Une fois là, ils passèrent dans une autre cour, puis dans la suivante et dans une autre encore, jusqu'au moment où ils furent dans celle de la maison voisine du pavillon des Bender.

Personne ne les avait vus. Sans bruit, ils se faufilèrent jusqu'à la haie qui séparait les deux propriétés. Peter chuchota :

« S'il a caché la mallette chez lui, dans la maison ou le garage, nous ne verrons rien.

— De deux choses l'une ! répondit le chef des détectives. Ou bien elle est chez lui et il s'empressera d'aller la cacher ailleurs... et à ce moment-là nous le suivrons ! Ou bien elle est déjà ailleurs... et nous le suivrons également quand il ira contrôler sa présence ! »

En regardant entre les arbustes qui formaient la haie, les trois garçons apercevaient la façade du pavillon des Bender et le jardin. Soudain, la porte du garage s'ouvrit et le gros Frankie se mit à filer le long de l'allée, en direction de la rue.

« Le voilà ! annonça Bob dans un murmure. Il s'en va !

— Et il n'a aucune mallette à la main, ajouta Peter.

— Suivons-le, dit Hannibal, mais attention ! Ne nous faisons pas repérer ! »

Bender, sa fronde passée dans sa ceinture, descendait maintenant la rue. Après avoir tourné le coin, il prit une ruelle qui l'éloignait de l'océan.

Silencieux comme des ombres, Hannibal, Bob et Peter le filaient à distance, prêts à se réfugier derrière un arbre ou un buisson à la moindre alerte. Mais, bien loin de soupçonner qu'il était suivi, Bender ne se retourna pas une seule fois.

Bientôt, il sortit de la ville pour se diriger vers les collines brunes qui précédaient la région montagneuse et pelée entourant Rocky.

A présent, Bender semblait plus inquiet et regardait de temps à autre autour de lui. Mais, comme la plupart des gens, il ne savait pas s'y prendre et les trois détectives n'avaient aucun mal à se cacher quand il le fallait.

Enfin, le gros garçon traversa un chemin et entreprit de gravir la pente assez raide d'une colline où poussaient pêle-mêle des buissons épineux et des chênes rabougris au tronc noueux.

Les détectives en eurent leur tâche facilitée : ils pouvaient continuer leur filature sans aucune peine désormais tant les cachettes étaient nombreuses. Se glissant derrière arbres et buissons, ils étaient presque arrivés à mi-hauteur de la colline quand, soudain, Bender disparut sous leurs yeux.

« Holà ! s'exclama Peter à voix basse. Où diable est-il passé ?

— Il s'est évaporé là... au milieu de ce fourré ! précisa Bob.

— Soyons prudents ! recommanda Hannibal. Peut-être est-il aux aguets ! »

Tous trois continuèrent à avancer avec mille précautions.

Ce fut en rampant qu'ils parcoururent les derniers mètres qui les séparaient de l'épais fourré. Peter se redressa lentement pour regarder à travers les branches des arbustes.

« Nom d'un chien! s'exclama-t-il. Il y a une grotte! J'aperçois l'entrée, là derrière!... »

Les trois détectives continuèrent à ramper — non sans accrocher leurs vêtements aux arbustes épineux — jusqu'à l'orifice sombre qui béait au flanc de la colline. Progressant sur les mains et les genoux, ils pénétrèrent dans un tunnel qui, très vite, s'ouvrit sur une caverne de vastes dimensions où régnait la pénombre. Tous trois restèrent un moment sans bouger.

Bender semblait n'être nulle part. Cependant, comme leurs yeux s'habituaient peu à peu au maigre jour éclairant la caverne, ils aperçurent des chaises et des tables confectionnées avec de vieilles caisses, et aussi, sur le sol de pierre, des couvertures usagées, des sacs de couchage, des lanternes, des boîtes de biscuits et de bonbons, un panneau indiquant un arrêt d'autobus, une motocyclette déglinguée, deux vieilles portières de voiture, des pièces d'uniformes disparates et un tas d'autres vieilleries.

« On dirait bien... commença Peter.

— ... un repaire de brigands! acheva Bob.

— Evidemment! dit Hannibal dans un souffle. C'est là que se cachent les garnements de « la bande à Bender ». Et j'ai idée que c'est là aussi qu'ils cachent leur butin. Soyons plus prudents que jamais, Frankie ne doit pas être loin... »

Les détectives se redressèrent lentement et se mirent en marche... Parvenus à l'autre bout de la caverne, ils s'aperçurent que celle-ci se continuait sur la gauche, après un virage brusque. A peine eurent-ils tourné qu'ils virent Frankie Bender, à genoux devant une roche plate. Sur cette roche, se trouvait une petite mallette noire... ouverte.

Bender entendit les détectives et se retourna vivement.

« Ainsi, dit calmement Hannibal, c'était bien toi qui l'avais prise ! »

Le visage du gros garçon, qui avait commencé par refléter l'inquiétude, changea d'expression. Il paraissait stupéfait.

« Ça... ça n'est plus là ! » bégaya-t-il.

Hannibal, Bob et Peter s'approchèrent et regardèrent la mallette. Celle-ci, doublée de velours bleu, était vide !

« Elle contenait une statue ! expliqua machinalement Bender sans plus songer à mentir. Une statue du tonnerre ! Elle aurait fait une mascotte superchouette pour notre bande ! Elle représentait une créature invraisemblable...

— Une créature... qui ressemblait à quoi exactement ? » demanda Hannibal.

Bender, qui avait refermé la boîte noire d'un geste sec, se tourna vers le chef des détectives pour lui répondre.

Mais son regard, dépassant les trois garçons, s'emplit soudain de terreur.

« Elle ressemblait... balbutia-t-il en montrant du doigt quelque chose au-delà du trio... elle ressemblait à ÇA ! »

D'un même mouvement, les détectives se retournèrent.

« Hou ! » fit Peter dans un hoquet.

L'apparition de la plage venait de faire son entrée dans la caverne !

Frankie Bender gémit.

« La statue ! C'est la statue... mais vivante ! »

Tout en grinçant affreusement des dents, le démon à la tête cornue et aux yeux de braise se mit à danser lourdement tout en avançant droit sur le petit groupe...

Chapitre 9

Une passe difficile

Paralysés par la peur, les quatre garçons, coincés au fond de la caverne, n'avaient aucune possibilité de fuite.

L'être monstrueux qui les menaçait continua d'avancer, en faisant des bonds grotesques, tandis que ses yeux rouges et obliques ne les perdaient pas de vue.

Peter jeta un coup d'œil derrière lui. Il n'aperçut que le rocher. Ses compagnons et lui étaient pris comme dans une nasse.

« Babal ! exhala Bob dans un soupir. Que faut-il faire ?

— Je... je n'en sais rien ! » avoua Hannibal.

Ce fut Frankie Bender qui, brusquement, fit preuve d'initiative. Le jeune voyou avait de nombreux défauts mais il ne manquait pas de courage. Tout pâle, il saisit sa fronde, ramassa un gros caillou sur le sol de la caverne et tira sur l'apparition. L'horrible créature poussa un grognement et recula d'un pas. Bender ramassa d'autres pierres.

« Aidez-moi, vous autres ! cria-t-il aux détectives. Lancez-lui des cailloux ! »

Peter et Bob ramassèrent les plus grosses pierres qu'ils purent trouver et en bombardèrent le démon cornu. Bender, de son côté, maniait sa fronde avec adresse. Malheureusement, la grêle des projectiles rebondissait sur l'épais rembourrage du corps. L'énorme tête du diable cornu elle-même semblait indemne.

Le monstre secoua sa chevelure hirsute.

« Ahhhhrrrr ! » jeta-t-il à pleins poumons.

Et, là-dessus, il accéléra l'allure. Les garçons étaient maintenant acculés contre le mur du fond.

« Il est invulnérable ! » s'écria Bender, pris de panique.

Le démon se rapprocha encore.

Cette fois, ce fut Hannibal qui passa à l'attaque. Brusquement, il bondit sur la mallette noire, que Bender avait refermée et qui se trouvait toujours sur la roche plate. Il l'empoigna d'une main tandis que, de l'autre, il saisissait une énorme pierre qu'il tint au-dessus de la mallette.

« Attention ! cria-t-il. Un pas de plus et je la brise ! »

L'extraordinaire personnage s'immobilisa tout net. Les yeux flamboyants du démon semblaient défier Hannibal. Le chef des détectives, loin de baisser les siens, soutint le regard braqué sur lui.

« Tiens, vous voilà moins faraud, on dirait, s'écria-t-il.

— Parbleu ! s'écria Bob, entrant dans le jeu. Il veut récupérer la statue indemne ! »

La voix tremblante de Bender s'éleva derrière lui.

« Mais c'est lui, la statue ! Je veux dire... la statue... s'est animée... C'est lui... A moins que... »

Le démon, sans bouger de l'endroit où il était, se mit à trembler, lentement d'abord, puis de plus en plus fort. On eût dit qu'une force intérieure bouillonnait en lui, toute prête à exploser. Les clochettes, les ossements et les crécelles suspendus à son cou et à sa ceinture tressautaient et émettaient des bruits sinistres. La voix du monstre, profonde et sonore, parut soudain emplir la caverne :

« Misérables créatures ! Prenez garde ! Les profanateurs seront châtiés ! »

Hannibal continuait à brandir le morceau de rocher au-dessus de la mallette noire.

« Que représente cette statue ? demanda-t-il. Et qui êtes-vous vous-même ?

— Petits imbéciles ! Ecoutez l'esprit du Chaman ! Le Grand Khan de la Horde d'Or attend dans le vent le Démon Dansant ! »

Peter avala sa salive.

« Le Démon Dansant ! répéta-t-il. Khan ? La Horde d'Or... Qu'est-ce que c'est que ce charabia ?

— La statue est celle du Démon Dansant, n'est-ce pas ? dit Hannibal sans quitter des yeux le spectre. A moins que vous ne soyez vous-même le Démon en question ? En tout cas, vous parlez bien notre langue !

— Nous sommes un et nous sommes tous ! psalmodia encore le fantôme. Nous voyons tout ! Nous savons tout ! Nous sommes le ciel bleu, le soleil doré, la steppe sans fin, le glaive et le blé ! Nous détruisons dans le feu du vent ! Prenez garde ! »

Son bras massif fendit l'air, pointé vers la roche plate. Un éclair jaillit, presque aussitôt suivi d'une épaisse fumée blanche.

Frankie Bender poussa un hurlement et fit un saut en arrière.

« Attention !

— Tremblez ! » rugit la voix du démon.

Il tendit le bras pour la seconde fois... Un jet de flamme et une épaisse fumée, noire celle-ci, se succédèrent, à deux pas de Peter.

« Le Grand Khan attend qu'on lui restitue ce qui lui appartient ! »

Le dos plaqué contre la muraille du fond, Bender, Bob et Peter ne pouvaient s'empêcher de trembler de tous leurs membres. Le démon, son bras toujours tendu en avant, se remit à avancer sur eux. Hannibal jeta au loin le quartier de roc qu'il tenait au-dessus de la mallette.

« Vous avez gagné! cria le chef des détectives. Tenez! Attrapez-la! »

De toutes ses forces, il lança la mallette dans le coin le plus reculé et le plus sombre de la caverne. Le fantôme jeta un cri sauvage et se précipita à la recherche de l'objet qui avait disparu au milieu d'un tas de ferraille et de vieux vêtements.

« Vite! » cria Hannibal en faisant signe à ses compagnons de le suivre.

Peter, Bob et Frankie n'avaient pas besoin de cet encouragement. Laissant le démon courir après la mallette, ils prirent leurs jambes à leur cou et filèrent vers la sortie. Si le démon s'aperçut de leur fuite, il ne parut pas s'en soucier. Il était bien trop occupé à fouiller parmi les vieilles nippes pour retrouver sa précieuse mallette.

Jamais Hannibal et ses camarades n'avaient couru aussi vite. Trébuchant sur les meubles grossiers qui encombraient la caverne, se bousculant et tombant même parfois, ils finirent cependant par se retrouver au grand air en un temps record.

Ils s'élancèrent alors à travers les buissons d'épines qui leur arrachaient au passage des lambeaux de vêtements. Frankie Bender courait en tête. Hannibal, fort essoufflé, fermait la marche. Ce fut en glissant tantôt volontairement, tantôt sans le faire exprès, que les quatre garçons atteignirent finalement le bas de la colline.

Ils culbutèrent les uns sur les autres dans une espèce de fossé et restèrent là, suant et soufflant, hors de vue de la caverne. Pendant quelques minutes, aucun ne parla ni ne bougea. Ils avaient du mal à retrouver leur souffle... ce qui ne les empêchait pas de tendre l'oreille. Le monstre allait-il les poursuivre?

Mais la colline était silencieuse.

« Rappelez-vous... ce qui... s'est passé... sur la plage, murmura Hannibal en haletant. L'apparition peut surgir n'importe où ! »

Blottis les uns contre les autres, les garçons écoutèrent encore. Aucun bruit ne leur parvint. Au bout d'un moment ils se risquèrent à sortir leur tête des herbes du fossé. Leur regard fouilla la pente raide de la colline. Ils ne virent rien. Rien non plus ne bougeait du côté de la caverne.

« Où est passée... cette chose ?... Au fait, qu'est-ce que c'était au juste ? demanda Frankie Bender.

— Je n'en sais rien ! répondit Peter. Et je dirai même plus, je n'ai pas la moindre envie de l'apprendre. Et toi, Babal ? »

Le chef des détectives ne répondit pas. Il tenait les yeux fixés sur les buissons masquant l'entrée de la caverne. Cependant, comme, après une longue attente, il ne se passait toujours rien, Hannibal se mit debout.

« Il faut retourner là-bas ! annonça-t-il d'une voix ferme.

— Tu es fou, ou quoi ? hurla presque le gros Frankie Bender. Moi, en tout cas, je m'en vais.

— Pas du tout ! Tu vas venir avec nous ! déclara Hannibal d'un ton plus ferme encore. Sinon, tu devras fournir une petite explication à la police sur la façon dont tu t'es emparé de la statue. »

Bender avança la lèvre en une moue boudeuse mais ne protesta plus. Il suivit les détectives qui, déjà, recommençaient à gravir avec précaution la pente raide.

Tous quatre, pas très rassurés, pénétrèrent dans la caverne. On n'entendait pas le moindre bruit... Les garçons respirèrent mieux quand ils s'aperçurent que le Démon Dansant n'était plus là. La mallette noire avait disparu elle aussi.

Hannibal se dirigea vers l'endroit où s'était tenu le revenant quand il les avait menacés. Il découvrit deux petits tas de cendre blanche. Bob avança le doigt : les cendres étaient encore tièdes.

« Cette caverne a-t-elle une autre issue ? s'enquit Hannibal.

— Non ! répondit Frankie Bender. Je me demande comment le démon s'y est pris pour filer !

— Il est peut-être parti en fumée ! avança Peter.

— Il s'est glissé dehors tandis que nous dévalions la pente, c'est certain ! émit Hannibal. Aucun de nous ne s'est retourné pour surveiller ses faits et gestes !

— De toute façon, soupira Bob tristement, il nous laissera tranquille désormais. Le voleur s'est emparé de la statue. Donc, le démon ne nous courra plus après. Je crois que nous sommes battus à plate couture !

— Pas du tout, mon vieux ! protesta Hannibal. Je suis persuadé que le voleur n'a pas la statue ! Je pense même qu'il n'a plus la moindre idée de l'endroit où il pourrait la retrouver.

— Comment ça, Babal ? demanda Peter, très étonné.

— Le Démon Dansant et Face-de-Rat sont évidemment complices, expliqua Hannibal. Ou, tout au moins, ils sont en relations étroites. C'est pourquoi il est évident que, si le voleur avait pris la statue dans la caverne, le démon ne nous y aurait pas suivis. Et, de toute façon, il aurait su que la mallette devait être vide ! Or, il l'ignorait, c'est donc que la statue a été dérobée par un troisième larron ! Vous pigez ? »

Le chef des détectives se tourna vers Frankie Bender.

« Avant que ta bande ne s'installe dans cette caverne, Frankie, était-elle utilisée par quelqu'un d'autre ? »

Le jeune voyou hésita. Maintenant que le danger était passé, il adoptait de nouveau une attitude hostile.

« Tu as volé cette statue, Bender, insista Hannibal. Nous pouvons te causer un tas d'ennuis. Montre-toi coopératif et nous te laisserons en paix. »

Le gros garçon fronça les sourcils mais céda.

« Oui ! avoua-t-il. Il y avait un type... une espèce de vieux clochard, qui vivait dans la caverne. Nous l'en avons chassé pour en faire notre repaire. Mais il y revient parfois quand nous ne sommes pas là. Je l'y ai aperçu hier encore. Et, aujourd'hui même, j'ai trouvé une bouteille de vin qu'il a oubliée derrière lui.

— Comment s'appelle-t-il ? demanda Bob.

— Je n'en sais rien, mais il ne doit pas être difficile de lui mettre la main dessus. C'est un gars d'environ soixante-dix ans, plutôt grand avec une barbe blanche. Il porte une vieille tunique de la marine. Je ne l'ai jamais vu autrement qu'avec des bottes de cow-boy.

— Bien, dit Hannibal. Et maintenant, tâche de te tenir à carreau, Frankie !... Peter ! Bob ! Suivez-moi ! »

Laissant Bender dans la caverne, les trois détectives retrouvèrent avec joie le soleil. Ils dévalèrent la colline et regagnèrent la villa de Peter. L'heure du déjeuner était arrivée, mais Hannibal n'y pensait même pas.

« Un clochard ! murmura-t-il soudain. Dis donc, Peter ! Te rappelles-tu ce garçon qui vient parfois vendre des vieilleries à l'oncle Titus ? Il s'appelle Andy. C'est un joueur de guitare. L'oncle Titus affirme qu'Andy est un génie et qu'il pourrait faire carrière à la radio. Mais Andy est un bohème. Il aime sa liberté. Et il connaît tous les clochards de la région. Après déjeuner, rendez-vous au Quartier général, mes amis ! Débrouillez-vous pour savoir où il habite et tâchez de prendre contact avec lui.

— Entendu ! dit Bob. Mais que feras-tu de ton côté ? »

Les yeux d'Hannibal se mirent à briller.

« Moi, dit-il, je vais traquer le Grand Khan, la Horde d'Or et le Démon Dansant tout ensemble ! »

Chapitre 10

Le démon dansant de Batu Khan

« Mes amis! s'écria Hannibal en entrant. Permettez-moi de vous présenter le Démon Dansant! »

On était au début de l'après-midi. Une fois de plus, les trois détectives se trouvaient réunis dans leur Q.G. secret.

Suivant les instructions de leur chef, Bob et Peter venaient de passer plusieurs coups de téléphone pour tenter de prendre contact avec Andy, le guitariste ambulant. Si leurs correspondants bénévoles arrivaient à joindre le jeune homme, ils devaient lui faire savoir qu'Hannibal désirait le rencontrer de toute urgence et l'attendait au « Paradis de la Brocante », le bric-à-brac des Jones.

Bob et Peter téléphonaient encore quand Hannibal les rejoignit, un gros livre sous le bras. Les joues roses d'excitation, le chef des détectives posa le bouquin sur la table, l'ouvrit à une page marquée d'avance et, désignant du doigt une gravure, fit son étonnante déclaration :

« Mes amis! Permettez-moi de vous présenter le Démon Dansant! »

Ses camarades se penchèrent sur la photographie qu'il leur montrait.

« La statue ! s'écria Bob.

— Le fantôme que nous avons vu ! » ajouta Peter, troublé.

La photo était celle d'une petite statue représentant une créature sauvage en train de danser. Modelé dans du bronze verdâtre, le « démon » se tenait, une jambe fléchie, l'autre levée et les bras largement étendus. Il ne pouvait y avoir aucun doute : avec sa tête hirsute, ses cornes, la peau de loup et le rembourrage des bras et des jambes, la statue correspondait — à échelle réduite — à la terrifiante apparition !

Quelques lignes de texte accompagnaient l'image. Bob les lut à haute voix :

« Le démon Dansant de Batu Khan. Découverte en Chine du Nord à la fin du XIXe *siècle, cette statue de bronze date de 1241 avant Jésus-Christ. Elle porte une inscription latine « Au sublime Khan de la Horde d'Or ». Manifestement, c'est l'œuvre d'un artisan européen, elle peut aussi bien avoir été une offrande à Batu Khan qu'un charme magique destiné à le protéger. Reproduction d'un chaman mongol, la statuette apparaît revêtue d'une peau de loup, portant un masque prolongé par des cornes de yak, et une ceinture garnie de clochettes, de crécelles, d'os, et aussi de gerbes variées, d'épis de maïs et de racines symbolisant l'esprit de la nature universelle. »*

Bob leva les yeux pour interroger Hannibal.

« Grand Dieu, Babal ! Qu'est-ce que cela signifie ?

— Que cette statue est unique au monde et qu'elle n'a pratiquement pas de prix ! »

Peter ne pouvait détacher son regard de la photo.

«Flûte, alors! Je ne savais pas que le bronze était si précieux!

— Idiot! la valeur de cette statue n'a rien à voir avec le métal dont elle est faite. Ce qui compte, c'est l'époque où on l'a fabriquée et aussi la raison pour laquelle on l'a façonnée! expliqua Hannibal. Quand notre fantôme a parlé de la Horde d'Or et des chamans, j'ai décidé d'avoir un entretien avec le professeur Hsiang, de l'université. C'est un expert en arts orientaux. Je l'ai donc rencontré et il a identifié le démon dès que je lui en ai eu fait la description. Il m'a...

— Qu'est-ce que c'est que la Horde d'Or? demanda Peter, impatient de s'instruire. On dirait un nom d'équipe de football!

— Et qui était Batu Khan? ajouta Bob.

— Vous avez entendu parler de Gengis Khan, n'est-ce pas? Et peut-être aussi de Kubilay Khan?

— Heu... oui... répondit Peter sans trop de conviction. C'étaient des rois ou quelque chose dans le genre. Des grands généraux aussi, comme Napoléon et Alexandre le Grand, pas vrai? Ce Kubilay Khan, ce n'était pas le type que Marco Polo est allé voir en Chine?... Je crois me rappeler à présent qu'il s'agissait d'empereurs chinois!

— Les khans étaient orientaux mais pas chinois... bien que Kubilay ait été empereur de Chine. C'étaient des Mongols... des nomades venus du nord de la Chine. Les Mongols étaient des cavaliers... des guerriers à cheval. Ils vivaient sous la tente et se déplaçaient par petites tribus. En fait, quelques-unes de ces tribus subsistent encore de nos jours et continuent à hanter leurs anciens territoires, à cette différence près que la Mongolie appartient maintenant en partie à la Chine.

— En somme, ils ne sont pas Chinois d'origine, ils montent bien à cheval et ils adorent la bagarre... Qu'est-ce que tout cela a à voir avec la statue? demanda Bob.

— Vers 1206, Genghis Khan réunit plusieurs tribus, après les avoir vaincues et soumises. Il entreprit alors de conquérir le monde entier! En trois générations, Genghis Khan et ses descendants possédaient un territoire, au Nord de l'Inde. qui s'étendait de la Corée, à l'est, jusqu'à la Hongrie, à l'ouest. Ils régnaient sur la Sibérie, la Chine, la Russie, la Perse et sur une partie de l'Europe orientale. Les fils de Genghis Khan s'appelaient Djutchi, Ogoday et Djaghataï. Kubilay Khan fut un de ses petits-fils et Batu également.

— Diable! fit Peter. Ce sont des noms plutôt rudes.

— Et les hommes ne l'étaient pas moins, expliqua Hannibal. Ils massacraient tous ceux qui faisaient mine de leur résister. Batu Khan fut celui qui battit les Russes et les Hongrois. Il régna sur la partie ouest de l'Empire mongol. Son armée s'appelait la Horde d'Or. Les Mongols, toutefois, étaient plus habiles à combattre qu'à administrer leur empire. Celui-ci ne tarda pas à se disloquer. N'empêche que la Horde d'Or subsista en Russie jusqu'en 1480.

— D'accord! Mais si nous en revenions à la statue? proposa Peter.

— Et à cette histoire de chaman? ajouta Bob.

— J'y arrive, répondit Hannibal. La religion de Batu Khan, autrement dit la religion mongole, est appelée chamanisme. Les Mongols croient que des esprits hantent les rochers, le vent, le ciel, la terre, les arbres et qu'un homme particulier peut parler à ces esprits : le chaman.

— En somme, dit Bob, une espèce de prêtre-sorcier comme on en rencontre chez les Indiens?

— Tu veux parler des Indiens d'Amérique? En fait, ceux-ci, croit-on, sont d'origine asiatique. Peut-être ont-ils des ancêtres communs avec les Mongols... Le professeur Hsiang m'a raconté quantité de choses au sujet des chamans. C'étaient de remarquables ventriloques. Ils appelaient les esprits en dansant. Certains d'entre eux — les plus puissants — invoquaient même les démons. Au cours de leurs cérémonies, les chamans s'affublaient d'un déguisement afin que les esprits ne puissent savoir au juste qui ils étaient. Ils portaient des masques et se couvraient de peaux de bêtes... Bref, ils ressemblaient à la statue que vous voyez sur cette image.

— Mais la statue elle-même... insista Peter. Qu'a-t-elle donc de si remarquable?

— Elle est unique au monde! affirma Hannibal. Les Mongols ne faisaient pas de statues... du moins, de statues durables. Ils avaient bien des idoles, à l'image de leurs dieux, mais le matériau employé était fragile.., de l'argile en général, qui se détériorait très vite. Cette statue de métal a été façonnée par un artiste d'Europe. C'est la seule qui ait défié le temps et soit parvenue jusqu'à nous. Elle est donc, je le répète, unique et très précieuse.

— Je me demande comment elle est arrivée en Chine! murmura Bob, pensif. Tu dis qu'elle appartenait à Batu qui régnait sur l'empire de l'Ouest!

— On ne peut que faire des suppositions, mon vieux. D'après le professeur Hsiang, Batu n'est pas resté tout le temps en Russie et en Hongrie. La capitale de l'empire était Karakorum, au sein de la Mongolie. C'est là que les princes russes devaient aller prêter serment de fidélité au Grand Khan... l'empereur. Batu a cessé de se battre en 1242 pour se rendre là-bas où il devait participer à l'élection d'un nouveau Grand Khan, l'ancien venant de mourir. Peut-être, alors, a-t-il emporté la statue avec lui et l'a-t-il ensuite laissée sur place, pour une raison ou pour une autre. Environ quarante ans plus tard, Kubilay Khan occupa toute la Chine. Devenu Grand Khan, il transféra la capitale mongole à l'endroit où se trouve l'actuel

Pékin. Peut-être la statue fut-elle envoyée là. On ne sait pas exactement ce qu'il en est...

— Bon! Mais sait-on comment elle est arrivée ici?

— Finis de nous lire le texte, veux-tu, Bob?»

Archives et Recherches se remit à lire tout haut :

«*La statue demeura en Chine jusqu'à la deuxième guerre mondiale, puis disparut au moment de l'occupation japonaise. En 1956, elle réapparut à Londres où elle fut achetée par un riche Américain, H.P. Clay, qui la fit figurer en bonne place dans sa collection privée de trésors orientaux.*»

Peter poussa une exclamation.

«H.P. Clay? N'est-ce pas ce roi du pétrole qui vit dans cette luxueuse propriété, à Fernand Point? Ainsi, la fameuse statue se trouverait ici, à Rocky, depuis plus de vingt ans? Dans ce cas, le voleur...

— Doit l'avoir volée ici même! acheva Hannibal. Je crois qu'il est urgent d'avoir une entrevue avec M. H.P. Clay!

— Vous ne trouvez pas surprenant, dit Bob. qu'il n'ait pas déjà signalé la disparition de sa précieuse figurine?

— Peut-être, suggéra Peter, ne s'en est-il pas encore aperçu!»

Avant de se mettre en route, les garçons prirent la précaution d'informer Konrad, l'un des frères bavarois qui travaillaient pour l'oncle Titus, de l'endroit où ils se rendaient... ceci pour le cas où Andy se présenterait en leur absence.

Ayant enfourché leurs vélos, ils pédalèrent jusqu'à la route côtière et prirent la direction du sud.

Tout en roulant le long de la plage, Peter réfléchissait.

«Babal! dit-il soudain. Nous avons à présent

une explication concernant la statue. Mais l'apparition... le Démon Dansant que nous avons vu... je ne comprends toujours pas... qui est-ce?

— Je ne sais pas trop, Peter. Mais on peut supposer qu'il s'agit d'un chaman à la recherche de la statue : les Mongols ne badinent pas avec la religion... Et le professeur Hsiang m'a appris autre chose. Cette statue... il paraît qu'à présent les Chinois la réclament! Lors de la visite de notre président à Pékin, ils lui ont demandé de les aider à rentrer en possession de cette œuvre d'art. Peut-être un chaman tente-t-il d'exercer certaine pression. Ou encore...»

Hannibal fit une pause. Peter demanda :

«Ou encore quoi, Babal?

— Les Mongols croient qu'un esprit anime chaque chose. Peut-être avons-nous vu l'esprit du Démon Dansant!

— Miséricorde! gémit Peter. J'aurais mieux fait de ne rien chercher à savoir!»

Hannibal et Bob éclatèrent de rire. Mais, en dépit de leurs plaisanteries, les détectives ne pouvaient s'empêcher de ressentir une sorte de malaise. Ils ne pouvaient oublier l'horrible vision qui les avait terrifiés à plusieurs reprises.

Les garçons continuèrent leur route en silence. Ils atteignirent enfin Fernand Point, l'un des plus beaux sites de la côte californienne : il s'agissait d'un cap qui s'avançait dans l'océan et dont la superbe végétation ne laissait deviner aucune habitation. H.P. Clay possédait à peu de chose près la totalité de la presqu'île. Une haute grille en fer forgé protégeait l'immense propriété des intrus.

Le portail à double battant était ouvert. Sans hésiter, les détectives s'engagèrent dans l'allée principale qui, après avoir décrit une courbe, les conduisit à une vaste pelouse au-delà de laquelle on apercevait la maison...

C'était une imposante construction à deux étages, dont les murs peints à la chaux contrastaient avec des poutres apparentes brunes et un toit de tuiles rouges. Les fenêtres étaient protégées par un véritable écran de dentelle en fer forgé.

Hannibal mit pied à terre et alla sonner à la majestueuse porte d'entrée, tout en se redressant de toute sa taille. Brusquement, il semblait plus mûr, comme s'il venait de décider que ses manières devaient en imposer.

Un homme d'un certain âge, que sa veste rayée désignait comme le maître d'hôtel, vint ouvrir. Ce fut d'un regard presque sévère qu'il toisa les jeunes garçons.

« Oui ?

— Je suis Hannibal Jones ! annonça le chef des détectives en s'efforçant de donner à sa voix des inflexions aristocratiques, et je désire parler à M. H.P. Clay !

— Je vois, fit le maître d'hôtel avec une ombre de sourire. Je regrette, monsieur Jones, mais M. Clay est absent.

— Ce que j'ai à lui apprendre ne souffre aucun retard, insista Hannibal d'un air très digne. Puis-je savoir où il me serait possible de joindre M. Clay sans tarder ? »

Avant que le maître d'hôtel n'ait eu le temps de répondre, une voix, venue de l'intérieur, demanda :

« De quoi s'agit-il, Stevens ?

— Un certain Hannibal Jones désire rencontrer monsieur votre père, monsieur James ! »

Un grand jeune homme souriant, qui n'avait certainement pas plus de vingt ans, surgit soudain à côté du domestique. Il salua aimablement les garçons :

« Mon père n'est pas à Rocky en ce moment. Si je peux le remplacer... »

Hannibal hésita.

« Eh bien... commença-t-il.

— Venez donc dans la bibliothèque ! dit James

Clay. Nous y serons plus à l'aise pour causer... Vous pouvez disposer, Stevens!»

Le maître d'hôtel s'éloigna. Le grand jeune homme conduisit ses visiteurs dans une pièce magnifique, tapissée de beaux livres.

«Bon! Installez-vous, mes amis, et racontez-moi ce qui vous amène...

— C'est au sujet du Démon Dansant, monsieur Clay! répondit Hannibal.

— Appelez-moi Jim!... Voyons, qu'est-il arrivé au Démon?»

Peter ne put y tenir :

«On vous l'a volé! s'écria-t-il.

— Volé? répéta Jim Clay... Oh, non! Je l'ai vu, il doit y avoir... trois ou quatre jours... Je m'en souviens bien, parce que...

— On l'a volé, il y a deux jours! précisa vivement Bob.

— Deux jours! s'exclama Jim en écarquillant des yeux incrédules... Allons! Suivez-moi! Nous allons bien voir...»

A sa suite, Hannibal, Peter et Bob longèrent un corridor conduisant à une lourde porte, tout au fond de la maison. A l'aide d'une clé qu'il avait sur lui, Jim Clay ouvrit la porte en question. La petite troupe descendit un étroit escalier pour déboucher enfin dans une pièce faiblement éclairée où l'on distinguait des formes vagues...

L'une d'elles, debout, avec une jambe à demi repliée, avait une tête hirsute ornée de cornes. Ses yeux rouges et obliques semblaient regarder les jeunes visiteurs. Sa bouche s'ouvrait, toute grande. Enfin, sa poitrine était recouverte d'une peau d'animal...

Chapitre 9

Un visage à la fenêtre

« Mais... c'est... c'est... c'est... » bégaya Hannibal, incapable d'en dire davantage.

Pétrifiés, les trois garçons regardaient l'étrange statue.

Jim Clay pressa un bouton. La pièce se trouva brillamment illuminée.

« Eh bien! Qu'y a-t-il? demanda le jeune homme, intrigué, en se tournant vers les détectives.

— Le Démon Dansant! s'écria Peter en montrant du doigt l'apparition. Là... vous voyez... »

Il se tut brusquement en constatant que la diabolique figure demeurait immobile. Il regarda de plus près et s'aperçut qu'elle se dressait sur un petit socle. Jim Clay alla droit à elle et lui donna un coup sec, du bout des doigts. Cela sonna creux.

« Oh, non! dit-il. Le Démon Dansant est en bronze et beaucoup plus petit. Ceci n'est qu'un mannequin destiné à mettre en valeur un costume de chaman mongol. Mon père collectionne les objets d'art orientaux et les costumes. Celui-ci est parfaitement authentique, je puis vous l'assurer, jeunes gens!»

Hannibal traversa la pièce avec précaution, par crainte de heurter les nombreuses vitrines de verre qui s'y trouvaient et s'approcha du mannequin dont il tapota le costume. Un petit nuage de poussière en sortit. Le chef des détectives recula alors d'un pas, en hochant la tête.

«Ce costume est un peu différent de l'autre, murmura-t-il. Les cornes sont plus courtes et cette peau est la dépouille d'un ours et non celle d'un loup. Par ailleurs, la poussière qui le couvre prouve bien que ce costume n'a pas été porté depuis longtemps.

— De quoi diable parlez-vous? demanda Jim Clay, de plus en plus surpris.

— Du costume du chaman, ou du chaman lui-même... enfin, de la chose que nous avons vue et qui nous a effrayés, répondit Peter. Au fait! Votre père possède peut-être un second costume à peu près pareil à celui-ci?

— Certainement pas! affirma Jim. Ces costumes sont rarissimes, vous savez!

— Celui dont nous parlons est la reproduction exacte de celui de la statue!» expliqua Bob.

Jim sourit gaiement.

«Alors, peut-être que la statue s'est brusquement animée! suggéra-t-il en clignant de l'œil. En attendant, la véritable statue, connue sous le nom de Démon Dansant, est ici même, dans cette vitrine...»

Il s'interrompit soudain, les yeux ronds.

La vitrine devant laquelle il venait de s'arrêter était vide!

«Vous voyez bien! s'écria Peter. Elle a disparu!»

Jim Clay regarda autour de lui, comme s'il n'arrivait pas à se rendre à l'évidence... Puis il courut d'une vitrine à l'autre à travers la vaste pièce. Il y avait là des statues, des armes, des vases, des casques et quantité d'autres objets d'art. Mais pas la moindre trace du Démon Dansant !

Jim se passa la main dans les cheveux, d'un air égaré.

« Je... je ne comprends pas ! murmura-t-il. Comment aurait-on pu ?... »

Il se tourna vers les détectives, une flamme dans les yeux...

« Vous trois... comment se fait-il que vous soyez au courant du vol ? »

Hannibal lui expliqua en détail ce qui était arrivé au cours des dernières quarante-huit heures. Le jeune Clay écouta attentivement, réclamant de temps à autre une précision. Puis il se mit à marcher de long en large.

Enfin il poussa un profond soupir et dit d'une voix blanche :

« Volée ! Dire que j'étais personnellement chargé de veiller sur toutes ces précieuses collections ! Mon père sera furieux ! Cette statue est inestimable et... »

Il s'arrêta et hocha la tête d'un air navré.

« Je ne m'intéresse pas beaucoup moi-même à ce qui vient d'Orient, vous savez ! Aussi n'ai-je pas gardé constamment un œil sur le Démon Dansant ! Mais cela n'explique pas comment un voleur a pu s'introduire ici et emporter la statue sans même laisser derrière lui l'ombre d'une trace... J'ai été assez pris par mes études, mais Stevens a peut-être vu quelqu'un... ou encore Quail... »

Jim se dirigea vers un téléphone et pressa un bouton.

« Quail ? Venez immédiatement me rejoindre au musée ! »

Il raccrocha et se remit à arpenter la pièce.

« Vous m'avez bien dit que le voleur avait perdu la statue ? Dans ce cas, elle peut se trouver n'importe où ! Oh ! là ! là ! Mon père en aura une attaque, c'est sûr ! La semaine dernière, quand il est parti, il m'avait confié la garde de ses trésors et voilà que je...»

La porte s'ouvrit. Un homme entra. Jim Clay courut à lui.

«Ah, Quail! Il est arrivé une chose terrible...»

Peter écarquilla les yeux.

«C'est lui!»

Bob et Hannibal regardèrent le nouveau venu. C'était l'homme mince, aux cheveux gris, avec un lorgnon à l'ancienne mode!

Jim Clay, plus surpris que jamais, dévisageait alternativement les garçons et l'individu qui venait d'entrer.

«Quoi! murmura-t-il. Quail est qui?»

Hannibal demanda posément :

«Qui est ce monsieur, Jim?

— L'assistant littéraire de mon père. Walter Quail! Il aide mon paternel à écrire des articles sur sa collection. Pourquoi?

— Parce que c'est l'homme dont nous vous parlions tout à l'heure, expliqua Bob. Celui qui nous a empêchés de rattraper le voleur... C'est lui également qui se trouvait dans la chambre de Face-de-Rat, au motel!»

Jim Clay se tourna vers l'assistant de son père.

«Quail? Qu'avez-vous à répondre?

— Ce que racontent ces garçons est exact. J'avais remarqué cet étrange petit homme à face de rat en train de rôder dans le parc et autour de la maison. Cela a éveillé mes soupçons et je l'ai suivi. Quand ces jeunes gens m'ont déclaré que c'était un voleur, je me suis plus que jamais attaché à ses pas. Malheureusement, je l'ai perdu de vue dans ce motel. J'ai fouillé sa chambre, mais je n'ai rien trouvé!

— Ainsi, dit Jim, vous saviez que le Démon Dansant avait été volé?

— Volé!» répéta Quail.

Il semblait surpris... Puis il regarda la vitrine vide et acquiesça du chef.

« Oui, reconnut-il. En effet, je le savais. Je... »

Hannibal, attentif, épiait les jeux de physionomie de Quail.

Jim Clay interrompit ce dernier avec impatience :

« Pourquoi ne m'avez-vous pas prévenu ? demanda-t-il sèchement. Avez-vous alerté la police ? Ou avisé mon père ?

— Non, James. Je n'ai encore soufflé mot de cette histoire à personne ! » soupira Quail.

Là-dessus, se tournant vers les trois garçons, il ajouta gravement :

« Il faut agir avec beaucoup de doigté dans cette lamentable affaire. »

Jim Clay se mordit les lèvres.

« Je pense bien ! dit-il. A cause des Chinois.

— Ce vol, reprit Walter Quail, peut faire le plus grand tort à votre père. Il faut à tout prix éviter un scandale. »

Jim serra les poings.

« Il faut pourtant absolument tenter quelque chose ! s'écria-t-il. Peut-être louer les services d'un détective privé !

— Ces gens-là ne sont pas toujours dignes de confiance, objecta Quail. Et j'ai idée que votre père n'aimerait pas voir d'autres personnes mêlées à cette affaire. »

Hannibal intervint vivement.

« Jim ! s'écria-t-il. Nous connaissons des détectives privés qui sont déjà au courant de la disparition du Démon Dansant.

— Vraiment ! Et qui donc, Hannibal ?

— Nous ! » répondirent en chœur Bob et Peter.

Hannibal fouilla dans sa poche et en sortit une carte qu'il tendit à Jim Clay. Le jeune homme et Walter Quail lurent ce qui suit :

LES TROIS JEUNES DETECTIVES
Enquêtes en tout genre
? ? ?
Détective en chef : HANNIBAL JONES
Détective-adjoint : PETER CRENTCH
Archives et Recherches : BOB ANDY.

Hannibal expliqua :

«Si nous sommes sur cette affaire, c'est que l'une des précédentes victimes du voleur nous a engagés. Nous avons retrouvé l'objet dérobé, à la grande satisfaction de notre employeur, et nous sommes libres désormais de travailler pour quelqu'un d'autre.

— Peuh! fit Quail. Des détectives en culottes courtes!»

Peter rougit et dit à Hannibal :

«Montre-lui donc l'autre carte!»

Jim Clay lut le second carton que lui tendait le chef des détectives.

Ce mot certifie que son porteur est un jeune assistant bénévole de la police de Rocky. Toute aide qu'on voudra bien lui apporter sera appréciée par nous,

SAMUEL, REYNOLDS,
Commissaire en chef

Le fils du magnat du pétrole leva les yeux sur le trio.

«Voilà qui garantit votre qualité de détectives, dit-il. Vous êtes déjà au courant de l'histoire et le temps compte énormément en l'occurrence. Si je travaille avec...»

Quail lui coupa la parole, d'un ton si sec qu'on eût dit qu'il aboyait.

«Ridicule, James! Votre père...»

A son tour, Hannibal l'interrompit sans façon.

«Nous savons déjà comment poursuivre notre

enquête, Jim! assura-t-il. Nous avons un sérieux indice qui nous fera certainement avancer très vite... »

Il parla alors à Jim de la piste du vieux clochard.

« Voilà qui achève de me décider! déclara le jeune Clay. Je vous seconderai, et dès à présent. »

Puis il se tourna vers Walter Quail :

« A moins, ajouta-t-il, que vous ne jugiez préférable que je fasse appel à la police?... »

Quail hésita.

« Non, James. Après tout, vous avez peut-être raison... »

Et là-dessus, très guindé, l'assistant de H.P. Clay quitta la pièce. Jim Clay sourit. Hannibal suivit Quail des yeux jusqu'à ce qu'il eût disparu.

Le chef des détectives se tourna alors vers leur nouvel employeur.

« Dites-moi, Jim! Y a-t-il longtemps que Walter Quail travaille pour votre père?

— Environ deux ans! répondit le jeune homme. Mais vous ne pensez pas?...

— Je ne pense encore rien, répliqua Hannibal, mais je dois reconnaître que certains détails sont troublants... Avez-vous remarqué que Quail a commencé à jouer la surprise quand vous lui avez parlé du vol du Démon Dansant? Et puis, presque aussitôt, il a renoncé à feindre.

— Exact! Je l'ai remarqué en effet, avoua Jim Clay. Ce qui m'étonne aussi c'est qu'il se soit contenté de filer le voleur sans essayer de l'arrêter. Et puis, pourquoi n'a-t-il pas appelé la police? »

Pensif, le fils du magnat du pétrole hocha la tête.

« Il est vrai, soupira-t-il, qu'il s'agit d'une affaire réclamant beaucoup de tact. Mon père voudrait certainement que l'enquête soit menée avec la plus extrême discrétion.

— Pourquoi? demanda Hannibal. Parce que les Chinois sont très désireux de récupérer la statue et que le vol pourrait provoquer un incident international?

— Exactement! acquiesça Jim. C'est exactement ça! Ce n'est pas d'aujourd'hui que la Chine réclame le retour du Démon Dansant! Jusqu'à présent, notre gouvernement n'avait guère prêté attention à cette revendication. Mais maintenant que notre Président a promis d'intervenir auprès de mon père pour qu'il lâche son trésor, le pauvre vieux paternel est bien obligé de céder. Il s'incline à regret, bien sûr, car il a acheté la statue un bon prix, et en toute bonne foi. Mais le Président a personnellement insisté et... Bref, mon père est d'accord pour la restitution. En ce moment même, il se trouve à Washington pour rencontrer un délégué Chinois qu'il va ramener ici et auquel il devait remettre la statue. Quail et moi, nous l'attendons d'un jour à l'autre. Bien entendu, si le Démon Dansant n'est pas ici quand il rentrera... cela fera certainement du vilain. Les Chinois auront toutes les raisons de mettre en doute la sincérité de mon père... et ce sera l'incident international dont vous venez de parler. Tout le monde sait que mon père ne rend le Démon Dansant que contraint et forcé par les circonstances. De là à imaginer qu'il l'a volontairement fait disparaître, il n'y a qu'un pas.

— Il faut donc que nous retrouvions la statue au plus vite! proclama Hannibal avec force.

— C'est indispensable!» assura Jim.

Ses yeux se rétrécirent brusquement.

«Au fait, mes amis, vous m'avez dit que votre voleur ressemblait à quoi déjà?

— Comment? dit Hannibal, surpris. Eh bien, il était petit et maigre, avec un visage comme...

— Comme celui-ci?» demanda Jim en pointant son index vers l'étroite fenêtre haut perchée, qui dispensait un jour parcimonieux au musée.

Un visage, effectivement, était collé à ladite fenêtre... un visage aux traits accusés, et aux yeux perçants, qu'encadraient des cheveux roux descendant jusqu'aux épaules et dont le menton s'ornait d'une barbiche en pointe, également rousse.

Chapitre 12

Le voleur reparaît

Derrière la vitre, le visage s'éclaira d'un large sourire.

« C'est Andy ! s'écria Peter tout joyeux. Va sonner à la porte et rejoins-nous, Andy ! »

Le jeune guitariste disparut pour reparaître bientôt, escorté du maître d'hôtel.

« Salut, les gars ! » lança-t-il gaiement.

Puis, ouvrant des yeux ronds devant les trésors exposés dans la salle, Andy poussa une exclamation, et, avant même qu'Hannibal n'ait eu le temps de le présenter à Jim Clay, le jeune homme se mit à aller et venir dans le petit musée, s'arrêtant presque à chaque pas.

« Un authentique costume de chaman mongol !... Et regardez-moi ce vase de l'époque Ming ! Authentique lui aussi !... Une tapisserie Sung !... Un lion de jade Ch'ing !... Un bouddha T'ang ! Que de merveilles ! »

Andy avait environ vingt-cinq ans. Il était grand et beau garçon. En revanche, sa façon de s'habiller ne le mettait guère en valeur : il portait une chemise déchirée, un vieux jean effiloché et des bottes poussiéreuses. Sa guitare, passée en bandoulière, lui battait le dos, et un gros médaillon d'argent se balançait au bout d'une chaîne sur sa poitrine.

« Quelle collection extraordinaire ! » conclut-il avec enthousiasme.

Jim Clay, cependant, regardait d'un air méfiant l'accoutrement d'Andy et sa guitare.

« Je vois, dit-il enfin, que vous vous y connaissez en art oriental, monsieur... euh ?...

— Appelez-moi Andy ! proposa le jeune bohème.

— Andy est diplômé des Beaux-Arts ! » expliqua rapidement Hannibal.

Andy sourit aimablement au fils du roi du pétrole.

« Ce qui ne m'empêche pas d'aimer ma liberté ! crut-il bon d'ajouter en guise de commentaire. Pas de maison, pas de mobilier, pas de voiture, pas de travail fixe ! Je vais où je veux et quand je veux, pour faire ce que je veux. »

Une lueur de malice passa dans son regard, toujours posé sur Jim :

« Et vous, dit-il, vous êtes bien le fils de H.P. Clay ? Votre père et moi, nous n'avons guère de goûts communs. Qu'en pensez-vous ?

— Mon père est un homme qui a réussi ! répondit Jim Clay d'un ton sec.

— Tout dépend du sens que vous attribuez au mot « réussite », continua Andy. Voyez un peu la collection de trésors que vous avez ici ! Votre père n'a certainement pas ménagé ses efforts pour rassembler de tels chefs-d'œuvre. Mais pourquoi garde-t-il pour lui seul ce qui devrait se trouver exposé dans des musées publics ?

— Mon père a payé fort cher chacun des objets réunis dans cette pièce !

— Il ferait bien de les rendre... de les restituer aux peuples auxquels ils appartiennent depuis toujours ! »

La voix du jeune guitariste était encore plus cassante que celle du fils du millionnaire. Et puis, brusquement, Andy se détendit. Il sourit.

« Excusez-moi ! dit-il. Je n'avais pas l'intention de vous faire un sermon... Voyons, Hannibal ! Pourquoi désires-tu me voir ? »

Le chef des détectives répéta alors au jeune homme ce que Frankie Bender lui avait dit du vieux clochard.

« Je connais l'individu, affirma Andy. On l'a surnommé l'Amiral parce qu'il porte toujours une vieille tunique de la marine.

— Savez-vous où on peut le trouver ? demanda Jim.

— C'est possible... répondit Andy en se tournant vers les trois garçons. Pourquoi avez-vous besoin de lui ? demanda-t-il.

— Eh bien... » commencèrent en chœur Bob et Peter.

Jim Clay leur coupa la parole.

« Excusez-moi de vous interrompre, mais j'aimerais vous parler un instant en particulier à tous les trois. »

Après un regard amusé au fils du magnat du pétrole, Andy haussa les épaules et se retira près de la porte.

Jim conseilla, dans un murmure :

« Ecoutez, jeunes gens ! Mieux vaut ne pas parler du Démon Dansant à ce guitariste ambulant. Moins de gens seront au courant du vol et mieux cela vaudra. »

Hannibal fronça les sourcils.

« Je ne pense pas qu'Andy acceptera de nous aider à retrouver l'Amiral si nous ne lui fournissons pas quelques explications valables, assura-t-il. Et si nous nous lançons seuls à sa recherche, cela peut nous prendre plusieurs jours. »

Jim se mordilla la lèvre d'un air ennuyé.

« Votre ami ne semble pas avoir beaucoup de

considération pour mon père. Etes-vous vraiment sûr que nous puissions lui faire confiance?

— Totalement! affirma Hannibal. Et il sera d'autant plus disposé à nous aider qu'il connaîtra toute l'histoire. Vous avez entendu ce qu'il a dit tout à l'heure... Il estime que M. Clay devrait renvoyer ses trésors là où il les a trouvés!»

Jim se força à sourire.

«Très bien! soupira-t-il. Allez-y! Mettez-le au courant!»

Hannibal avait deviné juste. Quand Andy eut été dûment renseigné, il accepta avec enthousiasme d'aider à retrouver la statue.

«Excusez-moi si j'ai été un peu vif au sujet de votre père, dit-il à Jim Clay. Cette fois, du moins, puisqu'il a l'intention de rendre la statue, il agit selon mon cœur.... Ainsi, jeunes gens, vous pensez que mon ami le clochard aurait vu récemment le Démon Dansant? Bon! Je me charge de le dénicher!

— Pensez-vous qu'il soit loin? demanda Jim.

— Il peut aussi bien être près que loin, expliqua Andy. L'Amiral n'a pas de domicile fixe. Il circule... comme moi.

— Nous pourrions prendre ma grosse Buick, proposa Jim. Les garçons n'auront qu'à fourrer leurs vélos à l'arrière.»

La Buick était vraiment énorme. Tous grimpèrent à bord. Sur les conseils d'Andy, le jeune Clay se dirigea d'abord vers les terrains vagues entourant la voie ferrée. Ils y rencontrèrent pas mal de clochards, mais l'Amiral n'était pas là. Personne ne put renseigner les détectives. Andy hocha la tête.

«Allons voir du côté de Bird Refuge!» suggéra-t-il.

Il fit arrêter la Buick un peu avant d'arriver.

«Laissez la voiture ici, dit-il à Jim. Elle est trop voyante. Elle risquerait de rendre mes copains soupçonneux, et vous n'en tireriez pas un mot.»

Hélas! ils eurent beau garer la Buick hors de vue des miséreux de Bird Refuge, ceux-ci ne lâchèrent aucune information utile : ils ignoraient où se trouvait l'Amiral.

Après ce nouvel échec, la petite troupe reprit la route côtière jusqu'à une plage que fréquentaient volontiers des hippies et autres hôtes de passage. Un petit bois tout proche, à deux pas de l'aire pour pique-niques, leur offrait un abri ombragé.

Cette fois, Andy effectua seul la démarche. Il revint très vite, porteur de nouvelles.

« L'Amiral est peut-être bien au camp des clodos, en bordure de la grande décharge à ordures. »

Jim ne mit que quelques minutes à atteindre les collines brunes au pied desquelles se trouvait la décharge. Des bulldozers géants s'affairaient parmi les monceaux de détritus. Des centaines de mouettes criaient et tournaient en rond avant de s'abattre pour prélever quelque morceau de choix. Le campement des clochards occupait, de l'autre côté de la route, un terrain hérissé de buissons.

Jim, Andy et les détectives laissèrent la voiture derrière un bouquet d'arbres et continuèrent à pied. Après avoir suivi un chemin de terre, ils aboutirent à un indescriptible bidonville, formé de masures branlantes. Andy s'avança pour discuter avec les clochards. L'un de ceux-ci désigna du doigt la dernière des masures. Andy fit signe à ses compagnons de le suivre.

Tous se dirigèrent vers la hutte minable. Andy dut se baisser pour franchir le seuil. Sans hésiter, Jim, Hannibal, Bob et Peter entrèrent à leur tour.

« Amiral! appela Andy. Hé! Réveille-toi, mon vieux! »

Les trois détectives écarquillèrent les yeux dans la pénombre et finirent par apercevoir le vieil homme étendu sur un matelas éventré. Sa barbe blanche semblait mangée aux mites. Il portait sa fameuse tunique de marin et ses non moins célèbres bottes de cow-boy. Réveillé par la voix d'Andy, il souleva les paupières, aperçut le jeune homme et lui sourit.

« C'est toi, mon gars ? Tiens... regarde ! »

Il tendait sa paume ouverte au guitariste. Elle contenait plusieurs billets verts.

« J'ai bien mérité qu'on me laisse roupiller en paix, hein, mon garçon ? » murmura le clochard en refermant les yeux.

Andy le secoua légèrement.

« Amiral ! Où as-tu trouvé cet argent ?

— Je vais le partager avec toi, mon petit ! dit le vieil homme sans ouvrir les yeux... Où je l'ai trouvé ? quelque part... Un coup de veine... Rrrrr !... »

Jim Clay avança d'un pas. Il heurta une bouteille de vin — vide ! — qu'il envoya promener d'un coup de pied rageur.

« Vous avez trouvé une statue dans la caverne ! lança-t-il. Qu'en avez-vous fait ? »

L'Amiral se réveilla, tout effaré. Il ne comprenait pas la colère de cet étranger.

Andy lui tapota gentiment l'épaule. Rassuré, le vieux sourit et parut se rendormir.

« Ça va, Amiral ! Personne ne songe à te tracasser ! affirma le jeune guitariste. Nous voulons seulement savoir ce que tu as fait de cette statue. Tu l'as vendue, n'est-ce pas ?

— Peut-être, suggéra Hannibal, qu'une petite récompense l'aiderait à retrouver la mémoire ? »

Le clochard ouvrit les yeux. Il croassa :

« Récompense ?

— Dix dollars ! » promit Jim vivement.

Il s'empressa de sortir un billet de son portefeuille et demanda :

« A qui avez-vous vendu la statue ? Vous n'aurez aucun ennui si vous me le dites. C'est juré. Alors ?

— La statue ?... Je l'ai trouvée... dans ma caverne, vous savez !... Hier soir... » Il se tourna vers Andy et poursuivit : «Je l'ai vendue ce matin, à la boutique d'antiquités. Tu sais bien laquelle, vieux frère! On y a déjà bazardé des trucs!» Il eut un petit gloussement. «Cette fois, c'est moi qui ai roulé le vieux Fritz! Ah, le brocanteur, il a trouvé son maître! Il m'a refilé vingt dollars!»

Jim Clay poussa un gémissement.

«Le Démon Dansant! vingt dollars!... Où est-elle, cette boutique?

— C'est le magasin de curiosités de Fritz Hummer... sur le port! expliqua Andy.

— La récompense!» réclama l'Amiral, la main tendue.

Jim Clay lui tendit le billet puis se dirigea vers la sortie.

«Essayez de lui faire dire tout ce qu'il sait! Peut-être quelqu'un d'autre est-il au courant de la transaction... Pendant ce temps, je vais aller chercher la voiture. Ce sera autant de précieuses minutes économisées!»

Il partit en courant. Andy se tourna vers l'Amiral qui considérait, d'un air attendri, le billet de dix dollars tremblant entre ses doigts noueux :

«Amiral! Que peux-tu nous apprendre de plus au sujet de la statue?»

Hannibal demanda de son côté :

«Quelqu'un d'autre est-il venu vous questionner pour savoir ce qu'elle était devenue?»

Le clochard secoua la tête en signe de dénégation. Ses yeux fascinés ne quittaient pas le billet vert. Il continuait à sourire aux anges. Peut-être avait-il répondu au hasard, sans même comprendre la question.

Andy insista :

«Amiral! Ecoute-moi donc! Quelqu'un d'autre est-il venu te voir, avant nous?»

Le vieil homme secoua de nouveau la tête, puis se laissa retomber sur sa couche, ferma les yeux et se remit à ronfler.

Le jeune guitariste fit signe aux trois détectives

de le suivre dehors. Les clochards alentour leur jetèrent un coup d'œil de curiosité puis cessèrent de s'intéresser à eux. La grosse Buick n'était pas encore en vue.

Hannibal était tout pensif.

« Je me demande, dit-il, si ce brocanteur, Fritz Hummer, s'est rendu compte de la valeur réelle de la statue ?

— J'en doute, Hannibal, répondit Andy. Il n'a pas souvent l'occasion d'acheter ou de vendre des objets précieux. Il n'est pas vraiment antiquaire. »

La Buick apparut, cahotante, sur le chemin de terre. Andy et les garçons s'entassèrent à l'avant. Jim fit demi-tour aussi vite qu'il le put.

Une fois sur la grande route, il appuya sur l'accélérateur. Il avait hâte d'arriver au port. Malheureusement, aux approches de Rocky, le trafic devint si intense que le jeune homme fut bien obligé de ralentir. Les détectives avaient l'impression que la Buick se traînait.

La boutique de curiosités était située assez loin du parking public.

« Pendant que j'irai me garer, dit Jim à ses compagnons, vous feriez bien de vous rendre directement là-bas. Je vous laisserai au coin de la rue. »

C'est effectivement ce qu'il fit. Le petit magasin de Fritz Hummer était situé, avec plusieurs autres, dans une rue parallèle à la mer. De loin en loin, une ruelle séparait les boutiques pour rejoindre la plage.

Rapidement, Andy conduisit les garçons vers la maison qui les intéressait. Au passage, chaque fois qu'ils traversaient l'une des ruelles, les détectives apercevaient un coin d'océan miroitant et, parfois, un bateau. Comme ils approchaient de leur but, Peter vit un homme, debout au fond de la ruelle, juste avant le magasin de curiosités. Il n'y fit pas attention immédiatement, mais tout à coup, il réalisa ce qu'il venait de voir :

« Le voleur ! Là... dans le passage !... » s'écria-t-il.

Hannibal et Bob avaient déjà repéré l'homme à la face de rat. Le petit voleur portait toujours sa cape. Elle se gonfla sous l'action du vent quand il pivota sur ses talons pour prendre la fuite.

« Rattrapons-le ! » s'écria Bob.

Suivis d'Andy, les trois garçons s'engouffrèrent dans la ruelle et débouchèrent sur le port plein de bateaux.

« Il est là-bas ! » s'exclama Andy.

Face-de-Rat était en train de courir sur un ponton de bois qui s'avançait dans l'eau. Ses poursuivants le virent grimper à bord d'un gros canot à moteur, doté d'une cabine et qui se trouvait amarré au ponton. Le petit homme disparut.

Andy et les garçons se précipitèrent vers le canot. Peter décida promptement :

« Je vais rester là pour lui couper la route s'il lui prend la fantaisie de ressortir ! »

Hannibal, Bob et Andy montèrent à leur tour à bord et regardèrent autour d'eux. Le voleur restait invisible. La porte de la cabine était ouverte.

« Doucement, mes amis ! » conseilla Andy tandis que tous trois descendaient avec précaution l'échelle qui y conduisait.

Mais, dans la cabine non plus il n'y avait aucune trace du voleur. Ils poussèrent jusqu'au poste de pilotage. Peter, incapable d'attendre plus longtemps le retour de ses compagnons, vint les rejoindre dans la cabine.

« Personne n'a quitté le bateau ! annonça-t-il. Si donc notre homme n'est pas là...

— C'est qu'il nous a joué un tour ! s'écria Hannibal. Il a dû se cacher dans... »

Un bruit sourd lui coupa la parole. Une des portes de la cabine venait de se refermer bruyamment. Andy et les trois garçons se précipitèrent vers l'autre qui leur claqua au nez.

Ils entendirent le bruit d'un verrou que l'on pousse. Et puis... plus rien.

Chapitre 13

Jim à la rescousse

Ce silence ne dura que quelques secondes. Des pas légers résonnèrent sur le pont. Puis le canot oscilla doucement, comme si quelqu'un venait de quitter le bateau d'un bond sur le ponton. Prisonniers dans l'étroite cabine, les détectives échangèrent des regards consternés. Andy haussa les épaules.

« Eh bien! dit-il. On peut dire qu'il nous a eus!

— Il devait se cacher dans un placard! soupira Bob. Il est tellement petit!

— Malgré tout, opina Hannibal, il s'est caché trop vite pour que le coup ne me semble pas avoir été préparé à l'avance. Il aurait voulu nous attirer ici pour nous immobiliser qu'il n'aurait pas mieux fait!

— Tu crois que c'est un coup monté? demanda Peter.

— Ça m'en a tout l'air. »

Tranquillement, Andy se laissa tomber sur la banquette et prit sa guitare. Il en pinça les cordes et commença à jouer tout en chantant.

« Andy! s'exclama Peter, stupéfait. Comment peux-tu penser à faire de la musique alors que nous sommes dans une situation aussi tragique!

— Ma foi, que pouvons-nous tenter? Nous sommes trop gros pour passer à travers les hublots. Et le propriétaire de ce bateau viendra bien nous délivrer à un moment ou à un autre. Dans ces conditions, autant prendre les choses du bon côté. Toi, Peter, tu m'as tout l'air de ressembler au type qui meurt trois fois.

— Que veux-tu dire? demanda Peter, blessé.

— Que tu vois les choses en noir avant même qu'elles n'arrivent, que tu souffres quand elles se produisent et que tu trouves encore moyen de te lamenter une fois qu'elles sont passées. A mon avis, il faut prendre les événements comme ils se présentent. Nous voilà prisonniers? La belle affaire! Chantons, mes amis.»

Hannibal ne l'entendait pas de cette oreille. Il trouvait l'insouciance d'Andy poussée à l'extrême. Cela frisait l'inconscience.

«Tu oublies, mon vieux, dit-il un peu sèchement, que, pendant que nous sommes retenus dans cette cabine, Face-de-Rat est peut-être en train de récupérer la statue. Il faut à tout prix trouver moyen de sortir d'ici, et vite!

— C'est toi le patron! concéda Andy gentiment. Que devons-nous faire?

— Pour commencer, essayons de forcer l'une ou l'autre de ces portes!»

Mais c'est en vain qu'ils s'escrimèrent. Les verrous étaient mis à l'extérieur.

«Tenterons-nous de les enfoncer?» demanda Peter.

Mais les portes semblaient particulièrement résistantes. Soudain, Bob, qui regardait à travers un hublot dans l'espoir d'alerter un passant, poussa un cri :

«Babal! Il me semble reconnaître cet homme... là-bas... Mais oui! C'est l'assistant de M. Clay : Walter Quail!»

Tous se précipitèrent aux hublots. A travers les bateaux alignés dans le port... on pouvait apercevoir une silhouette furtive sur le quai. Mais comme ils n'en voyaient qu'une moitié, ils n'étaient pas sûrs de la reconnaître.

« Quail! répéta Peter. On dirait bien que c'est lui, mais je n'en jurerais pas.

— Le voilà qui porte des jumelles à ses yeux. Il regarde de notre côté! annonça Bob.

— Exact, dit Hannibal. Et on dirait bien qu'il essaie de ne pas être vu. Apercevez-vous sa Mercedes? »

Ils essayèrent de distinguer la grosse Mercedes parmi les voitures garées dans le parking.

« J'aperçois la Buick de Jim! s'écria soudain Bob.

— Mais *où* est Jim? demanda Peter.

— L'homme s'en va! annonça Hannibal. Est-ce bien Quail? »

Le doute planait toujours. Soudain, Andy reconnut une autre silhouette qui se détachait sur le quai.

« Hé! Ce type... ce n'est pas Jim Clay?... Celui qui vient de sortir de cette ruelle? »

Les détectives regardèrent dans la direction indiquée par le guitariste et poussèrent un soupir de soulagement.

A travers les hublots ouverts ils se mirent à hurler en chœur :

« Jim! Hé! Jim! Nous sommes là! »

Mais Jim était trop loin pour les entendre. Il resta un moment debout sur le quai puis il fit quelques pas dans leur direction, sans hâte. Sa bouche était ouverte, comme s'il appelait. Finalement, les garçons entendirent ce qu'il disait :

« Hannibal! Bob! Peter! Où êtes-vous?

— Ici! hurla Peter. Le gros canot! »

Il se mit à agiter son mouchoir à travers le hublot. Cette tache blanche et mouvante finit par capter le regard de Jim. Aussitôt, le jeune homme prit sa course vers le ponton. Les détectives cessèrent de le voir mais, peu après, ils l'entendirent sauter sur le pont.

« Par ici ! cria Bob. Nous sommes bouclés !

— Tenez bon ! J'arrive ! »

Il y eut un grand bruit de verrous tirés. La porte de la cabine s'ouvrit. Jim parut, l'air inquiet.

« Sortons vite ! » dit Hannibal qui étouffait.

Tous montèrent sur le pont.

« Mais que vous est-il donc arrivé ? » demanda Jim.

On le lui expliqua.

« Et pendant tout ce temps, conclut Peter, Face-de-Rat a eu cent fois la possibilité de remettre la main sur le Démon Dansant et de filer avec !

— J'espère bien que non, répliqua Jim. Je suis resté planté un bon moment devant la boutique de curiosités et je n'ai vu passer personne qui lui ressemblât.

— Souhaitons qu'il ne soit pas trop tard ! » dit Hannibal en sautant sur le ponton.

Jim, Andy et les détectives coururent à la ruelle qui débouchait tout près du magasin de Fritz Hummer. C'est en coup de vent qu'ils pénétrèrent dans la boutique. En cette fin d'après-midi de week-end, seuls quelques rares touristes en exploraient les coins obscurs. La marchandise exposée consistait en bibelots et meubles rafistolés, achetés dans des ventes aux enchères ou provenant de commerces en faillite, mêlés à de la pacotille importée de Hong Kong.

Un petit homme gras, portant un pull over crasseux, était assis derrière un comptoir. La pipe qu'il fumait dégageait une odeur infecte. Ses yeux avides ne quittaient pas les touristes. Quand Jim, Andy et les garçons entrèrent, il se tourna vers eux, un sourire mielleux aux lèvres. Ce sourire disparut à la vue du guitariste.

« Je ne traite avec les clochards qu'après la fermeture ! grommela le commerçant. Quant aux enfants (et il foudroyait les détectives du regard) je n'en veux pas ici, à aucun moment de la journée. Dehors!»

Hannibal le prit de haut :

«Mon cher monsieur, rétorqua-t-il avec dédain, vous êtes ici pour servir les clients. Imposer une discrimination en tenant compte de l'âge est chose illégale... comme doivent l'être, je le soupçonne, pas mal d'affaires qui se traitent ici. Voici notre carte!»

Abasourdi par le flot de paroles et les manières du jeune garçon, le petit homme gras prit le carton que lui tendait le détective en chef. Andy sourit :

«Vous feriez bien de lire ce truc, Fritz, conseilla-t-il, et de vous tenir à carreau!»

Il s'agissait de la carte, signée du commissaire Reynolds, qui accréditait les garçons comme auxiliaires de la police. Le gros homme pâlit un peu mais ne baissa pas pavillon pour autant.

«Je n'ai rien à cacher! déclara-t-il. Et aucun enfant...»

Jim Clay s'approcha de lui jusqu'à le toucher :

«Je crois au contraire que vous avez beaucoup à cacher, mais peu importe! Je m'appelle James Clay. Allez-vous me prier de sortir?

— C... C... Clay? bégaya Fritz Hummer. Vous voulez dire... le fils de H.P. Clay?

— Lui-même, oui. Alors? Nous restons pour bavarder?»

Fritz Hummer acquiesça du chef et essuya ses mains moites à son pull-over.

«Bien sûr, bien sûr, monsieur Clay! Que puis-je pour vous tous, messieurs?»

Les touristes avaient battu en retraite pendant la discussion. Hummer, Jim, Andy et les garçons étaient seuls à présent dans la boutique. Peter attaqua le premier :

«Vous pourriez nous vendre la statue que vous avez achetée à l'Amiral! répliqua-t-il tout de go.

— La statue?» répéta le brocanteur d'un air

surpris. Puis son visage s'éclaira. « Ah, oui ! La figure dansante, avec des cornes. Jolie pièce.

— Elle a surtout pour nous une valeur sentimentale, s'empressa de déclarer Hannibal. Vous l'avez, n'est-ce pas ? Nous vous en offrons un prix raisonnable.

— C'est-à-dire, murmura Hummer d'un air rusé. Je ne suis pas certain... Je l'ai vendue... »

Jim Clay lui jeta un regard furieux.

« Ne plaisantons pas, Hummer ! Cette statue m'appartient et j'entends que vous me la rendiez. Compris ? Combien en voulez-vous ? »

Hummer ouvrit de grands yeux.

« *Vous* exigez que je vous la rende ?

— L'objet a été volé, Fritz, expliqua Andy. Mais pas par l'Amiral. »

Hummer restait les yeux rivés sur Jim Clay.

« Volée ? Volée à vous, monsieur Clay ? Elle faisait peut-être partie de la collection de votre père ? C'est ça, hein ? Elle doit avoir une énorme valeur. Eh bien, voyons... Je l'ai payée cent dollars et...

— Pas cent dollars ! coupa Bob, indigné. Seulement vingt !

— Bon, bon... admettons que j'ai un peu grossi la somme. Après tout, un commerçant a bien le droit de faire des affaires, n'est-ce pas ?

— Et vous allez en faire une, affirma Jim Clay. A présent, dites-moi où est cette statue ?

— Là derrière ! » dit Hummer.

Il conduisit la petite troupe dans son arrière-boutique... et s'arrêta net, comme foudroyé sur place.

« Elle n'y est plus ! s'écria-t-il en montrant du doigt une table. Je l'avais posée là-dessus !... Elle a disparu !

— Le voleur ! » s'écria Hannibal.

Il fit une rapide description du petit homme et demanda :

« Vous ne l'auriez pas vu rôder dans les parages, par hasard ?

— Un drôle de petit bonhomme avec une cape? A présent que vous m'y faites penser, oui, en effet, il est venu dans ma boutique un peu plus tôt dans l'après-midi et il est reparti sans rien acheter.»

Peter s'était approché de la porte de derrière.

«Hé! Babal! appela-t-il. Viens voir! Cette serrure a été forcée!»

Hannibal examina la serrure, puis il poussa la porte. Elle s'ouvrit en grinçant. Elle donnait sur les quais, à deux pas de la petite ruelle. Le chef des détectives resta là un moment, à réfléchir.

«Face-de-Rat est certainement passé par là! dit Peter d'un air malheureux. Il a barboté la statue pendant que nous étions prisonniers à bord du bateau.

— On le dirait, en effet, murmura Hannibal.

— Fritz! demanda Andy. Quelqu'un pourrait-il passer de votre boutique dans cette pièce sans être vu de vous?

— Bien sûr que non! Je tiens mes clients à l'œil. J'ai déjà été volé, vous comprenez!... Une statue de prix!»

Tous revinrent dans le magasin. Le brocanteur ne cessait de pester contre la chance qui lui passait sous le nez : il avait tant espéré que Jim Clay lui verserait la forte somme en échange de la statue!

Soudain, Hannibal fouilla dans ses poches.

«Flûte! Je dois avoir laissé mon crayon dans l'arrière-boutique... Je reviens tout de suite!»

Dès qu'il fut de retour, la petite troupe prit congé de Fritz Hummer qui continuait à pester contre le sort. En cette fin d'après-midi, le soleil déclinait rapidement. Ils regagnèrent le port. Andy, à son habitude, prenait les choses avec calme. Mais Bob, Peter et Jim Clay ne décoléraient pas.

«Elle est partie! Envolée pour de bon! soupirait Jim qui semblait inconsolable.

— Et Face-de-Rat doit être loin à l'heure qu'il

est, déclara Bob. Il serait en route pour le Mexique que cela ne m'étonnerait pas!

— Possible, dit Hannibal. Mais, s'il est loin, c'est sans la statue!»

Ses compagnons le regardèrent avec stupéfaction.

Chapitre 14

Le démon chasse

« Hummer nous a menti ! affirma Hannibal. Je suis persuadé qu'il sait très bien où se trouve la statue... et je suis également certain que le voleur ne l'a pas.

— Qu'est-ce qui vous fait dire cela, Hannibal ? demanda Jim.

— La porte de derrière ! expliqua le chef des détectives. Sa serrure était fracturée, d'accord ! Mais elle-même n'avait pas été ouverte depuis des siècles. Quand je l'ai poussée, j'ai dû employer toutes mes forces et elle a grincé à réveiller les morts. De plus, des morceaux de rouille sont tombés de l'encadrement. Rien de tout cela n'aurait été possible si quelqu'un avait ouvert cette porte peu de temps avant moi, c'est l'évidence même.

— Grand Dieu ! Tu as raison, Babal ! s'écria Peter, illuminé. Je me rappelle cette rouille. Il y en avait des tonnes ! »

Hannibal poursuivit :

« Hummer savait que la statue ne lui avait pas été volée. Il nous a joué la comédie en feignant de croire à un vol et en pestant contre le voleur ! Rappelez-vous... Il a commencé par dire qu'il avait vendu la statue, et puis il a raconté une autre histoire. Et pourquoi? Parce que, brusquement, il a compris que cette statue avait une valeur énorme. Avez-vous remarqué, Jim, comme ses yeux se sont mis à briller quand il a deviné que le Démon Dansant faisait partie de la collection de votre père?

— C'est ma faute! soupira Jim. J'ai trop parlé.

— Hé, oui! Quoi qu'il en soit, Hummer a éveillé mes soupçons en changeant trop brusquement son fusil d'épaule. Là-dessus, la porte de derrière m'a prouvé que personne n'avait pu s'introduire par là, et la conclusion s'imposait. Du reste, j'ai trouvé autre chose... »

Hannibal sortit de sa poche un bout de papier.

« Ceci a été arraché à un livre de comptes, expliqua-t-il. Quand Hummer nous a fait passer dans son arrière-boutique, j'ai vu qu'il fermait rapidement un registre placé dans un coin. Aussi ai-je inventé un prétexte pour retourner là-bas et j'ai déchiré ce bas de page au registre. Lisez ce qu'il y a dessus... *Statue dansante... 100 dollars!*

— Il l'a donc vendue! s'écria Bob, furieux. Quel menteur!

— Mais *à qui* l'a-t-il vendue? s'écria Jim. Nous allons l'obliger à nous le dire!

— Inutile! répliqua Hannibal. Il va nous conduire de lui-même à son acheteur. A moins de faire erreur sur toute la ligne, je crois que, maintenant qu'il sait que le Démon Dansant vaut bien plus de cent dollars, notre cupide M. Hummer va essayer de le récupérer. Nous n'avons qu'à le guetter et attendre...

— Hannibal a raison, déclara Andy. Et je parie que nous n'attendrons pas longtemps! »

Il ne se trompait pas. A peine Jim avait-il eu le temps d'aller chercher sa voiture et de revenir que le gros homme sortit de sa boutique. Il en ferma avec soin la porte, monta dans une antique Ford et démarra. Les détectives et leurs deux amis suivirent dans la Buick.

Hummer fit halte au bout de quinze cents mètres... devant une laverie chinoise.

« Regardez! dit Jim en roulant lentement devant la vitrine. Il y a des statues à l'étalage!

— De vulgaires imitations! » décréta Andy.

Jim gara sa voiture un peu plus loin et Peter revint en arrière pour surveiller Hummer qui était entré dans la blanchisserie. Ce fut tout juste s'il ne se heurta pas au petit homme qui ressortait déjà. Peter n'eut que le temps de se réfugier sous une porte cochère.

De leur côté, les occupants de la Buick virent sortir Hummer... un gros paquet à la main!

« N'allez rien imaginer! leur dit Peter en revenant vers eux. C'est seulement son linge propre! »

Déçu, Jim Clay remit son moteur en marche.

« Tant pis! soupira Hannibal. Il est bien normal que cet homme vaque à ses occupations habituelles. Continuons à le suivre sans nous décourager. »

Jim se remit donc à filer Hummer. Le second arrêt du brocanteur fut dans un parking du supermarché, à l'autre bout de la ville. Il y laissa sa Ford pour disparaître dans un débit de boisson. Andy se proposa pour aller voir de près ce qu'il y faisait.

« Tu n'y penses pas! objecta Peter. Il te verra!

— Pas sûr! Il y a pas mal de monde à l'intérieur. De toute manière, il sait que j'ai l'habitude de rôder un peu partout et il ne sera pas surpris. En revanche, s'il voyait Jim, cela le rendrait immédiatement soupçonneux. Quant à vous, les détectives, vous êtes trop jeunes pour fréquenter des endroits pareils. »

Sa guitare en bandoulière, Andy disparut à son tour dans la taverne. Il en ressortit moins de cinq minutes plus tard.

« Hummer est assis au comptoir, rapporta-t-il, en train de dévorer un sandwich et de boire de la bière. Il discute avec le patron. Il pourrait bien rester là un bon bout de temps. »

Jim Clay frappa son volant du poing.

« Il faut qu'il nous mène à cette statue ! murmura-t-il. Il le faut ! »

Là-dessus, Andy annonça qu'il ne pouvait plus les aider à filer Hummer.

« J'ai promis à des amis de les rejoindre et je suis déjà en retard. Je dois me sauver ! »

Les trois détectives laissèrent percevoir leur déception. Mais Jim se montra beau joueur : il dit qu'il comprenait et remercia Andy de ce qu'il avait fait pour lui.

« Allons ! Bonne chance à tous ! » soupira Andy avant de s'éloigner. Puis, souriant à Peter, il ajouta : « Et souviens-toi de mon conseil : ne prends pas les choses au tragique !

— Il en a de bonnes ! protesta Peter, vexé. Je voudrais bien le voir à notre place ! S'il avait aperçu notre épouvantail seulement une fois... Brrrrr... »

Hannibal et Bob sourirent puis s'installèrent le plus confortablement possible pour attendre. Jim Clay, qui n'avait pas l'habitude des filatures, vit sa patience mise à dure épreuve. Il ne cessait de soupirer et se tortillait sans arrêt sur son siège.

Enfin, Hummer sortit de la taverne. Cette fois, la vieille Ford du brocanteur longea le pied des collines avant d'arriver à une grande maison de style victorien qui surplombait un canyon. Pendant que Peter restait dans la voiture, Jim, Bob et Hannibal se faufilèrent parmi les buissons et les herbes jusqu'aux fenêtres de la grosse bâtisse flanquée de tours. En regardant par celle du living-room, ils aperçurent Fritz Hummer parlant à un homme très grand, très pâle, aux cheveux d'un noir de jais et doté d'un appendice nasal extraordinairement long. Tout de noir vêtu, cet homme semblait n'avoir pas une goutte de sang dans les veines.

« Eh bien ! murmura Bob. C'est une chance que

Peter ne soit pas ici! Ce type-là ressemble à un vampire!

— Tout droit sorti d'un film de Dracula!» ajouta Hannibal.

Les yeux sombres de l'homme faisaient comme deux trous noirs dans son visage exsangue. Après avoir écouté Fritz Hummer en silence, il lui fit signe de le suivre. Tous deux passèrent dans la pièce voisine. Les garçons et Jim se hâtèrent d'atteindre la fenêtre suivante. Hélas! Les volets étaient fermés!

Ils s'approchèrent alors des autres fenêtres mais ne virent personne. Il n'y avait rien à faire... que retourner à la Buick!...

Fritz Hummer quitta la maison quelques instants plus tard. Il ne portait aucun paquet. Il monta en voiture et démarra.

«Il n'est pas venu chercher la statue! soupira Peter, déçu, tandis que Jim se remettait à suivre la Ford.

— N... non! admit Hannibal qui semblait penser à autre chose.

— Vous savez, dit brusquement Jim, je pourrais presque jurer que j'ai déjà vu cet homme-vampire quelque part!

— Dans un film d'épouvante? suggéra Bob.

— Non. Je l'ai bel et bien rencontré... Mais je n'arrive pas à me rappeler où...»

Le jeune homme parut s'absorber dans ses pensées et continua à conduire en silence.

A la grande consternation des détectives, Fritz Hummer retourna directement au port et rentra dans sa boutique. Seulement, au lieu de rester au rez-de-chaussée, il grimpa au second étage dont une fenêtre s'éclaira. Il était évident que le gros homme habitait au-dessus de son magasin.

«Et voilà! soupira Peter tristement. Pas plus de statue que de beurre en broche.

— Hélas! fit en écho le chef des détectives.

J'avais tellement espéré qu'il essaierait de la récupérer sur-le-champ!

— Et c'est peut-être bien ce qu'il a fait! s'écria brusquement Jim Clay. Je viens tout juste de me rappeler qui était ce grand type aux allures de vampire! Jason Wilkes!

— Qui est-ce? demanda Peter.

— Un antiquaire expert en tableaux et en œuvres d'art! Mais un antiquaire sans scrupules! Il a été exclu de l'Association des Antiquaires pour transactions frauduleuses. Il a même été condamné à deux reprises pour avoir vendu de faux tableaux de maîtres. Il s'y connaît pas mal en art oriental et a tenté de traiter avec mon père. Il a eu le toupet de venir un jour à la maison et n'a réussi qu'à se faire mettre à la porte!»

Les yeux d'Hannibal se mirent à briller.

«Hum! dit-il. C'est bien le genre de personne qui saurait reconnaître une pièce de valeur parmi des objets quelconques... et qui l'achèterait sans s'interroger sur sa provenance!

— Mais, Babal, objecta Peter, si ce Jason Wilkes a la statue comment se fait-il que Fritz Hummer ne l'ait pas récupérée?

— Oh! les raisons ne manquent pas, mon vieux! Wilkes a pu refuser de s'en séparer. Ou il l'a déjà vendue. Ou Hummer ne veut pas être vu avec la statue. Ou encore il n'a pas assez d'argent pour la racheter.

— Il y a une autre possibilité, coupa Jim, soudain assombri. C'est que Wilkes ne l'ait pas!... Oh! (Et son visage s'éclaira de nouveau.) Qui sait si nous n'avons pas vu Hummer proposer à Wilkes la statue... avant d'essayer de la récupérer auprès de la personne à qui il l'a déjà cédée?

— Et pourquoi pas? s'écria Peter. En attendant, qu'allons-nous faire?

— D'abord, pour en avoir le cœur net, proposa Bob, nous pourrions aller demander à Wilkes si la statue est en sa possession...

— Non, non! Pas de ça! protesta Jim avec vivacité. S'il ne l'a pas, il est inutile de mettre une personne de plus dans la confidence!

— Je crois que nous devrions surveiller à la fois Wilkes et Hummer, suggéra Hannibal. Ainsi, nous apprendrions certainement quelque chose.

— Bonne idée! opina Jim. J'y pensais justement. Mais il va falloir nous séparer. Comment garderons-nous le contact?

— Grâce à nos talkies-walkies! s'écria Bob. Nous en avons plusieurs à notre quartier général.

— Il se peut que nous ayons à filer nos suspects assez loin, fit remarquer Jim. Ou encore les appareils peuvent tomber en panne. Dans ce cas, comment rester en liaison?

— Il y a toujours le système des repères tracés avec un bout de craie, dit Hannibal. Chacun de nous peut emporter un morceau de craie dans sa poche et dessiner régulièrement un point d'interrogation tout au long de sa piste. C'est un signe qui est vite tracé et auquel les gens ne font pas attention. Malheureusement, ajouta-t-il d'un air ennuyé, ce système n'est guère valable quand on est en voiture.

— Je m'en accommoderai! affirma Jim avec entrain... Tiens! Est-ce que vous entendez?»

Comme lui, les garçons prêtèrent l'oreille. Là-haut, chez le brocanteur, la télévision fonctionnait bruyamment.

«Hummer est en train d'écouter la retransmission du match de football, dit Jim. A mon avis, il ne ressortira pas aujourd'hui. Cependant... Allons! Je suppose qu'on vous attend chez vous pour dîner, tous les trois. Je vais vous reconduire. Vous me donnerez un talkie-walkie et de la craie, puis je reviendrai ici surveiller Hummer. De votre côté, dès que vous le pourrez, enfourchez vos vélos et retournez à la maison du canyon pour guetter Wilkes. Tenez-moi au courant de ce qui pourra se passer. Je ferai de même de mon côté. D'accord?

— D'accord! s'écria Peter. Le Démon Dansant n'a qu'à bien se tenir!»

La nuit était complètement tombée quand les trois détectives prirent leur faction parmi les buissons qui entouraient la demeure de Jason Wilkes. Peter et Hannibal se postèrent à peu de distance de la maison enténébrée. Bob resta plus près de la route, de manière à pouvoir avertir ses camarades si quelqu'un approchait.

Hannibal appela Jim Clay par talkie-walkie :

«Rien à signaler dans notre secteur, Jim! Il y a une voiture dans le garage. Mais personne n'a l'air de vouloir sortir.

— Rien à signaler non plus de mon côté, répondit la voix lointaine de Jim. Hummer regarde toujours la télé.

— La nuit risque d'être longue! soupira Hannibal. Je vous appellerai toutes les demi-heures.»

L'attente commença. La nuit n'était éclairée que par les étoiles brillantes et la lune pâle. Aucune voiture ne passait sur la route... Jason Wilkes semblait n'avoir aucun proche voisin. Le canyon, envahi par les ténèbres, demeurait invisible. De temps en temps, Hannibal et Peter rampaient jusqu'à la maison et regardaient — ou plutôt tentaient de voir — au-delà des fenêtres sombres. Mais rien ne remuait dans les pièces vides.

Soudain, la voix de Bob, assourdie, parvint à ses camarades :

«Attention! Une voiture arrive!»

Les détectives se préparèrent à l'action. La voiture annoncée passa lentement devant la maison de Wilkes, puis s'arrêta brusquement à l'endroit où la route prenait fin pour devenir un étroit sentier non carrossable. Mais personne n'en descendit. En revanche, presque aussitôt, le véhicule fit demi-tour et repartit.

« Fausse alerte ! dit Bob. Le conducteur a dû se tromper de chemin ! »

Du temps passa encore. Puis Jim annonça que le match de football était fini mais que Hummer continuait à ne pas bouger de son appartement. La double surveillance se poursuivit, toujours sans résultat...

Peter, qui était allé faire un tour de reconnaissance derrière la maison, bégaya soudain dans son talkie-walkie :

« Oh ! là ! là ! Quel... quelque chose re... remue par ici ! Je je... je ne distingue pas très bien... Attendez !... Hou !... C'est l'apparition ! Le Démon Dansant ! Je vois sa tête !... »

Il s'arrêta brusquement et le silence retomba.

« Peter ! appela doucement Hannibal dans son appareil tout en se précipitant dans la direction où se trouvait son camarade. Tiens bon, mon vieux ! J'arrive ! »

— Peter ? » interrogea de son côté Bob, toujours en faction à proximité de la route.

A son tour, la voix de Jim Clay s'éleva :

« Il n'est rien arrivé à Peter, j'espère ?... »

Question à laquelle Peter lui-même répondit :

« L'épouvantail est parti. Je l'ai vu qui regardait par la fenêtre, comme nous tout à l'heure, puis il s'est éloigné dans les broussailles. Est-ce que vous pensez qu'il sait que la statue est ici ?

— J'en suis sûr ! affirma Jim. Attendez-moi, mes amis ! Je vous rejoins... »

Chapitre 15

Victoire et défaite

« Il est parti ! » répéta Peter, pas très rassuré encore.

Hannibal et Bob venaient de le rejoindre. Leurs visages à tous trois étaient plutôt pâles.

« Soyons prudents ! conseilla le chef des détectives. Le Démon Dansant peut se trouver n'importe où. »

Ses yeux attentifs scrutaient les ténèbres.

« Où l'as-tu aperçu au juste, mon vieux ?

— Là ! Au coin de la maison, près de la fenêtre. Puis il a disparu dans l'ombre.

— D'où semblait-il venir ? demanda Bob à son tour.

— Je ne sais pas. J'ai eu l'impression qu'il se matérialisait soudain sous mes yeux comme... comme...

— Comme s'il venait de sortir du mur ? suggéra Bob. Comme un... esprit ?

— Ma foi... »

Bob jeta un coup d'œil à la maison silencieuse puis se tourna vers Hannibal.

« Babal ! Crois-tu que Jason Wilkes puisse être le Démon Dansant ?

— J'avoue que cette idée m'avait effleuré, admit le chef des détectives.

— Mais pourquoi ? demanda Peter. Pourquoi... s'il a la statue ?

— Peut-être justement parce qu'il l'a, mon vieux, répondit Hannibal. Pour effrayer les gens et les empêcher de remonter jusqu'à lui. C'est un antiquaire qui s'y connaît... il n'ignore donc pas que cette statue est inestimable. Peut-être Face-de-Rat lui apportait-il la statue au moment où il l'a perdue... et, depuis, Wilkes fait de son mieux pour nous terroriser. »

Les détectives attendirent un grand moment sans bouger, mais le démon ne revint pas. A la longue, ils se remirent en marche et firent avec précaution le tour de la maison. Rien ne bougeait, ni à l'extérieur, ni à l'intérieur.

Quelques minutes plus tard, Jim Clay arriva. Il avait laissé sa grosse voiture sur la nationale et grimpé silencieusement jusqu'à la maison.

« Hannibal ? Peter ? Bob ? appela-t-il à voix basse.

— Par ici. Jim ! »

Hannibal mit le jeune homme au courant de ce qui s'était passé puis lui fit part de leur nouvelle hypothèse : peut-être Jason Wilkes était-il le Démon Dansant.

Jim Clay regarda la maison plongée dans les ténèbres.

« Mais au fait !... Si Wilkes est bien le Démon Dansant et qu'il est parti quelque part... alors, la maison est vide en ce moment !... Vous n'avez vu personne depuis que le démon est apparu ?

— Non ! répondit Peter. Et nous n'avons vu personne non plus avant ! L'endroit semble vraiment désert ! Quant au démon... il n'a rien d'humain et...

— Voilà que tu crois aux fantômes, maintenant! dit Bob d'un air moqueur.

— Je suis certain, énonça lentement Hannibal, que notre apparition diabolique est bel et bien un homme de chair et de sang. En fait, je le jurerais!

— Je voudrais en être sûr, moi aussi! soupira Jim. Dire que je n'ai jamais eu l'occasion de voir ce sacré démon! D'après la description que vous m'en avez faite, il est exactement comme la statue. Or, mon père affirme que les Mongols croient qu'un esprit habite chaque chose.

— Nous le savons! exhala Peter dans un gémissement.

— Ma foi, continua Jim, homme ou esprit, il est parti! A votre avis, Hannibal, que devons-nous faire à présent?

— Pourquoi n'entrerions-nous pas dans la maison pour l'explorer? proposa hardiment le chef des détectives.

— Tu veux explorer cette baraque? s'écria Peter d'une voix blanche.

— C'est une occasion inespérée! Autant ne pas la laisser échapper, mon vieux! riposta Hannibal.

— Tout de même, Babal! protesta Bob à son tour. Nous ferions peut-être bien de prévenir le commissaire Reynolds avant d'entreprendre quoi que ce soit.

— Cela nous ferait perdre du temps, objecta Jim. Et, peut-être alors sera-t-il trop tard! Et puis, nous ne sommes pas certains que la statue soit là! Je sais que mon paternel ne serait pas content que j'aie fait appel à la police s'il y a moyen de récupérer son bien autrement.»

Peter se résigna.

«Bon! soupira-t-il. Puisque le Démon Dansant n'est plus à rôder dans le coin, on peut tenter quelque chose. Je ferai le guet pendant que vous fouillerez la baraque.

— C'est ça! approuva Hannibal d'un air goguenard. Et si tu vois quelqu'un, n'hésite pas à donner l'alerte.

— Tu peux y compter. Je crierai si fort qu'on m'entendra jusqu'à New York!»

Jim, Hannibal et Bob s'approchèrent de la maison. Jim découvrit une fenêtre qui fermait mal. Tous trois l'escaladèrent. Quand leurs yeux se furent habitués à l'obscurité, ils constatèrent qu'ils se trouvaient dans une salle de la dimension du musée personnel de M. Clay. Ici, comme là-bas, la pièce était meublée de nombreuses vitrines, consoles et objets de collection.

«Hannibal! murmura Bob d'une voix peu rassurée. Regarde!»

Une forme à corps humain et à tête de lion regardait les intrus avec des yeux flamboyants. Frappés de stupeur, Hannibal et Bob s'apprêtaient à fuir quand Jim Clay les en empêcha.

«Ce n'est qu'une statue, mes amis! déclara-t-il. Le gardien d'un temple tibétain. Et encore, ce n'est qu'une reproduction!»

Bob et Hannibal, un peu honteux, sortirent de leur poche les lampes électriques, minces comme des crayons, qu'ils avaient apportées avec eux. En projetant la clarté à droite et à gauche, ils firent lentement le tour de la pièce, suivis de Jim. Une seconde statue émergea des ténèbres.

«Hou! fit Hannibal. Et ça! Qu'est-ce que c'est?»

Il désignait une forme dansante, dotée de quatre bras et couronnée d'un cercle de mains!

«Il s'agit du dieu hindou Çiva, expliqua Jim. Cette statue non plus n'est pas authentique.»

Hannibal regarda de près la statue en question.

«Çiva? répéta-t-il. Je croyais... vous nous l'avez dit vous-même... que vous ne connaissiez rien aux objets d'art orientaux?

— Il faut croire que j'en sais plus long que je ne pensais, répondit Jim avec un sourire. A force d'entendre mon père parler de ses collections, je suppose que j'ai dû en retenir quelque chose.

— J'aimerais bien qu'il m'instruise, moi aussi, déclara Hannibal. Tous ces objets sont tellement intéressants !

— Eh bien, proposa Jim, quand il reviendra, je... »

Une exclamation de Bob, qui fourrageait à l'autre bout de la pièce, l'interrompit.

« Jim ! appela doucement Archives et Recherches. Jim ! Est-ce que cela aussi est une imitation ? »

Jim et Hannibal s'empressèrent de rejoindre Bob. Celui-ci tenait entre ses mains une petite statue verdâtre, dont la tête hirsute s'ornait de cornes menaçantes.

« Le Démon Dansant ! s'écria Jim qui, du coup, en oublia de parler bas. Oh, Bob ! Vous l'avez trouvé !

— Chut ! » fit Hannibal.

Jim s'immobilisa, la bouche ouverte, l'oreille tendue. Tous trois écoutèrent un moment... La maison était silencieuse. Rien ne bougeait. Rassurés, ils en revinrent à la statue qu'ils examinèrent à la lumière des lampes de poche.

« Vous avez vu ! s'exclama Bob dans un murmure. C'est notre apparition tout craché ! »

Verdie par le temps, la statue de bronze était délicatement façonnée. On pouvait en distinguer les moindres détails. Les cornes de yak étaient lisses et pointues. L'artiste avait reproduit chaque poil du masque hirsute. Les yeux obliques et la bouche aux dents cruelles étonnaient par leur aspect vivant. La tête de loup décorant la poitrine semblait prête à mordre. Les bras et les jambes, animés par la danse, émerveillaient par leur grâce et leur rondeur.

« Regardez la ceinture ! dit Bob. Quelle recherche dans le détail ! Les clochettes elles-mêmes ont toutes un petit battant. Et on voit de la terre encore attachée aux racines. Cet épis de maïs est minuscule et pourtant on pourrait en compter les grains!

— Dire que nous l'avons récupéré! murmura Jim tout joyeux.

— Vous êtes sûr que c'est bien l'authentique Démon Dansant? demanda Hannibal. Il a l'air en parfait état et comme neuf! C'est étonnant pour une pièce aussi ancienne, non?

— C'est bien lui, rassurez-vous! affirma Jim. Je l'ai vu si souvent que je ne saurais me tromper. Il n'existe qu'une seule statue comme celle-ci au monde et nous l'avons retrouvée! Allons, venez, mes amis! Mon père vous récompensera, vous pouvez y compter!»

Bob et Hannibal ne pouvaient détacher leurs yeux de la figure dansante représentant un chaman mongol. Il y avait si longtemps qu'ils étaient à sa recherche! Et voilà qu'ils l'avaient enfin découverte! Ils échangèrent un sourire ravi, puis Bob mit la statue sous son bras et se retourna pour suivre Jim qui se dirigeait vers la porte...

Mais Jim s'immobilisa soudain. Il resta là, comme cloué sur place, à regarder fixement du côté de la porte. Celle-ci s'ouvrait en silence... Quelqu'un surgit sur le seuil.

«Peter!» s'écrièrent Hannibal et Bob en même temps.

Peter entra dans la pièce.

«Peter! répéta Bob exultant de joie. Nous avons la statue!»

Derrière Peter, une voix s'éleva, grinçante :

«Pas encore, jeunes gens! Ne vous réjouissez pas trop vite!»

Peter, l'air malheureux, s'adressa à ses camarades :

«Ne m'en veuillez pas, mes amis... Il est arrivé tout doucement par-derrière... Je ne l'ai pas entendu venir!»

Les lumières de la pièce s'allumèrent. L'homme pâle aux yeux noirs, Jason Wilkes, entra à la suite de Peter. Sa main tenait un pistolet pointé vers le petit groupe.

« Allons, dit-il froidement. Rendez-moi cet objet ! »

A contrecœur, Bob lui tendit le Démon Dansant. Wilkes jeta un coup d'œil presque tendre à la statue et la remit doucement à sa place.

« J'ai confisqué ceci à votre camarade, ajouta-t-il en brandissant un talkie-walkie. Déposez les autres appareils à terre, s'il vous plaît. »

Jim, Bob et Hannibal s'exécutèrent en silence. Les deux derniers en profitèrent pour empocher rapidement leur lampe électrique. Jason Wilkes ne parut pas remarquer leur geste... ou peut-être ne s'en souciait-il pas.

« Vous êtes bien naïfs, jeunes gens, reprit l'homme-vampire, pour avoir cru que je laisserais mes trésors à la merci d'une fenêtre ouverte. J'ai pour habitude de faire bonne garde... Et maintenant, suivez-moi... »

La mine piteuse, Jim et les détectives lui emboîtèrent le pas. Ils traversèrent ainsi toute la maison. Chemin faisant, Wilkes allumait les lumières. A la fin, il s'arrêta devant une lourde porte de chêne.

« Ouvrez-la et descendez ! » ordonna-t-il.

Peter ouvrit la porte. Elle donnait directement sur une volée de marches très raides qui s'enfonçaient dans un trou d'ombre.

« Vous, monsieur Clay, vous resterez avec moi, dit Wilkes. Vous me servirez de garantie. J'ai en effet l'intention de traiter avec votre honorable père... ou même avec n'importe qui d'autre susceptible de m'offrir une grosse somme contre cette statue ! »

Il eut un rire aigrelet. Jim Clay regarda les détectives d'un air navré. Les trois garçons avaient l'air tout aussi piteux en descendant l'escalier obscur. Ils n'en étaient pas à mi-chemin que, déjà, la lourde porte se refermait au-dessus d'eux !

Chapitre 16

Une évasion difficile

« Et voilà! soupira Bob au bas des marches. Nous avons perdu le Démon Dansant... et Jim par-dessus le marché!

— C'est ma faute! dit Peter. Le vampire a fondu sur moi comme un vautour. Je ne me méfiais pas. A mon avis, il devait nous surveiller depuis un bon bout de temps.

— Il nous a eus jusqu'au trognon! se lamenta Bob. Nous ne pouvons plus rien faire contre lui.

— Ne gémissons pas à l'avance! déclara Hannibal. Commençons par trouver un moyen de sortir d'ici. Allumons nos lampes et voyons s'il n'y a pas un commutateur électrique quelque part... »

Mais ils eurent beau chercher, ils ne trouvèrent rien. La cave était vieille et dépourvue de tout mode d'éclairage... A la fin, découragé, Peter se laissa tomber sur une caisse poussiéreuse.

« Nous voilà condamnés à nous morfondre dans l'obscurité! soupira-t-il.

— Et personne n'aura l'idée de venir nous chercher ici! prophétisa Bob d'un ton lugubre.

— Jason Wilkes finira bien par nous laisser sortir, ajouta Hannibal, mais seulement après avoir vendu la statue. Il sera alors trop tard pour agir : nous n'aurons aucune preuve contre lui! Voilà pourquoi il est urgent de nous échapper sans attendre.

— Je suis d'accord avec toi! Mais comment?»

Tout en parlant, Peter projetait autour de lui la lumière de sa petite lampe de poche. Celle-ci éclaira successivement le sol humide et sale, les lourdes poutres du plafond, les murs nus de la cave... Il n'y avait ni meubles ni outils d'aucune sorte. On n'apercevait que les marches raides conduisant à la porte que les prisonniers avaient franchie un instant plus tôt, une seconde porte basse à l'autre extrémité de la cave, deux étroites fenêtres haut perchées, un lavoir de ciment, une rangée de poubelles et un antique et bizarre appareil, tout rouillé, au centre de la pièce.

«Il y a toujours moyen de se tirer d'affaire quand on veut, Peter! déclara Hannibal. Nous en avons déjà fait souvent la démonstration... Cette porte basse, par exemple! A moins que je ne me trompe fort, elle doit ouvrir sur l'extérieur!»

Le chef des détectives se dirigea vers la petite porte, escorté de Peter et de Bob qui l'éclairaient avec leurs lampes. La porte, qui ne possédait pas de serrure, était fermée de l'intérieur à l'aide d'une simple barre de bois. Mais aussi — hélas! — elle était clouée au chambranle.

Découragé, une fois de plus, Peter hocha la tête.

«Il y a là au moins vingt-cinq gros clous! grommela-t-il. Et nous n'avons que nos mains pour les arracher.

— De plus, ajouta Bob en se reculant pour mieux considérer le mur dans lequel était percée la porte, de plus, je me rappelle que, tout à l'heure, nous nous tenions fort près de ce mur quand nous étions dans le jardin. Et je n'y ai remarqué aucune ouverture. Autrement dit, cette porte est probablement condamnée!

— Examinons donc les fenêtres!» décida Hannibal qui refusait de s'avouer vaincu.

D'un pas ferme, il traversa la cave et alla se poster juste sous les fenêtres qui ouvraient presque au ras du plafond. A la lumière des lampes, les fenêtres se révélèrent protégées par des volets. Mais ceux-ci s'ouvraient de l'intérieur et n'étaient fixés que par un verrou ordinaire.

«Peter! Bob! Apportez-moi cette caisse! Les fenêtres ne sont pas bloquées!»

Peter s'empressa de transporter la caisse au-dessous de la plus proche fenêtre. Bob grimpa dessus. Vivement, il tira le verrou et rabattit le volet. Alors, une exclamation désolée lui échappa :

«Des barreaux! Il y a des barreaux! Impossible de sortir par là!»

Par acquit de conscience, les trois garçons vérifièrent que la seconde fenêtre, elle non plus, ne pouvait leur être utile.

A présent, un silence désolé régnait dans la cave. Mais Hannibal ne voulait pas renoncer si facilement.

«Fouillons les poubelles! suggéra-t-il. Peut-être trouverons-nous dedans de vieux outils avec lesquels nous arracherons les clous de la porte et creuserons le mur...»

Peter se rassit sur la caisse.

«Va voir si tu veux, dit-il. Je préfère que ce soit toi qui sois déçu plutôt que moi.»

Bob rejoignit son chef pour l'éclairer tandis qu'il procédait à l'examen des vieilles poubelles. Mais celles-ci ne contenaient que des gravats et des détritus innommables.

«Rien de tout cela ne peut nous servir, Babal! soupira Bob. Il faut nous résigner et attendre que Wilkes nous rende notre liberté... si tant est qu'il nous la rende!»

Archives et Recherches alla rejoindre Peter et

s'assit, le dos au mur, tandis qu'Hannibal restait debout, tout seul, face à la fenêtre.

« Du moins cette fenêtre est-elle ouverte! déclara le chef des détectives. Peut-être quelqu'un nous entendra-t-il si nous appelons. Nous allons crier à tour de rôle, pendant cinq minutes, tous les quarts d'heure. »

Bob hocha mélancoliquement la tête.

« Tu oublies que cette maison est à l'écart de tout, Babal! Il n'y a personne pour nous entendre!

— Sauf le Démon Dansant! » crut bon de préciser Peter.

Hannibal lui-même, si décidé fût-il, se trouva obligé de s'incliner devant l'adversité. Avec un soupir, il s'assit sur la dernière marche de l'escalier. Du bout du pied, il gratta la poussière du sol. Une ultime lueur d'espoir lui fit dire :

« Ce sol est meuble, dirait-on. Nous pourrions peut-être creuser un tunnel...

— C'est ça! répliqua Peter. Nous creuserons avec nos mains. Ça ne nous prendra guère qu'une semaine ou deux. »

Bob, qui contemplait le tas de ferraille rouillée, au centre de la cave, poussa soudain un cri :

« Je sais ce que c'est que ce truc-là! Un aérateur à l'ancienne mode! »

Peter jeta un regard morne à son camarade :

« Et après? dit-il.

— Regardez ces tuyaux qui traversent le plafond.

— Ils aboutissent dans la maison... là où se trouve notre vampire.

— Mais pas ce gros tuyau-là... qui s'enfonce dans le sol! Je parie qu'il chemine sous terre avant de déboucher à l'air libre. Et il est assez large pour nous permettre de passer! Venez! Aidez-moi! »

L'aérateur était tellement rouillé qu'il ne résista pas aux efforts réunis des trois détectives. Ils l'arrachèrent du sol, découvrant ainsi la section d'un gros tuyau qui s'enfonçait dans le sol. Bob, le plus mince du trio, s'y introduisit, franchit un coude et, après avoir rampé quelques mètres, s'écria :

« Ça y est ! Je sens l'air frais ! Arrivez ! »

Peter, à son tour, s'engagea dans l'orifice, mais Hannibal, un peu rougissant, secoua la tête :

« Je suis trop gros... vous reviendrez me délivrer plus tard si vous pouvez ! Dépêchez-vous ! Il faut faire vite ! »

Bien décidés à revenir sans tarder au secours de leur chef, Bob et Peter, rampant dans leur tuyau, ne tardèrent pas à arriver à une grille ronde, tellement rouillée qu'elle céda à la première poussée. Bob, le premier, émergea à l'air libre.

« Oh ! Peter ! »

Et puis, le souffle coupé, il leva la tête : deux jambes se profilaient sur un horizon encore à ras du sol. Quand Peter et lui achevèrent de sortir de leur tuyau, ce fut pour rencontrer le regard de deux yeux noirs et bridés... des yeux d'Oriental !

Chapitre 17

A la recherche de Jim

L'inconnu — un Chinois apparemment — avait un air féroce. Derrière lui, faiblement éclairées par la lune, s'agitaient deux autres silhouettes. Bob et Peter reconnurent en l'une d'elles Walter Quail. Derrière lui, sur la route, on apercevait la grosse Mercedes qu'il conduisait d'ordinaire.

« Eh bien ? demanda le Chinois d'un ton rude. Où est le Démon Dansant ? »

Tout en se relevant et en brossant leurs vêtements poussiéreux, Bob et Peter répondirent en chœur :

« Je ne sais pas...

Wilkes l'a emporté... »

Le troisième homme écarta le Chinois d'un geste brusque et foudroya les deux détectives du regard :

« Vous avez dit Wilkes, jeune homme ? Jason Wilkes ? »

Celui qui parlait était grand et solidement bâti avec des épaules carrées de sportif, une épaisse chevelure grisonnante et un visage volontaire aux traits accusés.

«Jason Wilkes, oui monsieur! répondit Peter. Il a acheté le Démon Dansant à Fritz Hummer, qui le tenait de l'Amiral, qui...

— Hummer? L'Amiral? De qui diable s'agit-il?... Au fait! Savez-vous qui je suis moi-même?

— H.P. Clay! répondit vivement Bob. Le roi du pétrole!

— Un roi! répéta M. Clay en riant. Disons plutôt un homme d'affaires!» Et, désignant le Chinois à côté de lui. «Voici M. Chiang Pi-Peng, qui vient tout droit de Chine pour récupérer la précieuse statue. Quant à Quail... il parait que vous le connaissez déjà!

— Oui, monsieur. Je suis Bob Andy et voici mon ami Peter Crentch. Notre chef est actuellement enfermé dans la cave de cette maison, monsieur. Si...

— Enfermé! s'exclama M, Clay, surpris. Eh bien! Délivrons-le!»

La petite troupe pénétra dans la maison et, sans avoir rencontré personne, arriva à la cave. Hannibal en sortit. Ses regards se portèrent successivement sur le père de Jim et sur le Chinois, puis s'attardèrent sur Walter Quail.

«Ainsi, dit M. Clay, vous êtes Hannibal Jones! Peut-être allez-vous enfin me dire ce qui se passe ici?»

Sans entrer dans les détails, le chef des détectives expliqua comment ses camarades et Jim s'étaient efforcés de récupérer la statue volée.

«Jim avait raison! s'exclama l'homme d'affaires. C'est une histoire compliquée. Mais au fait... où donc est mon fils? Je le croyais avec vous!»

Hannibal entreprit de raconter à M. Clay les événements de la soirée. Le père de Jim pâlit.

«Vous voulez dire que ce misérable Jason Wilkes a pris mon fils en otage! s'écria-t-il. Mais Quail m'a affirmé que Jim lui avait dit se trouver dans cette maison avec vous trois!»

Walter Ouail, que son patron foudroyait du regard, semblait fort mal à l'aise.

« Mais oui, monsieur, répondit-il. Jim a décrit cet endroit d'où il m'appelait. Il...

— Il vous a téléphoné ? demanda Hannibal stupéfait. Ce soir même ? C'est comme ça que vous avez su qu'il était ici ?

— Oui, certainement. Il m'a appelé voici environ une heure, expliqua Walter Quail. Je m'apprêtais à partir pour l'aéroport où je devais prendre M. Clay et M. Chiang. J'ai jugé préférable, avant de tenter quoi que ce soit, d'aller les chercher comme convenu. De l'aéroport nous sommes venus directement ici.

— Peu importe les détails ! grommela H.P. Clay. Qu'est-ce que mon fils vous a dit au juste quand il vous a eu au bout du fil, Walter ? Tâchez de vous rappeler ses paroles exactes.

— C'est ça ! approuva le chef des détectives. Peut-être découvrirons-nous un indice qui nous guidera.

— Eh bien... j'allais donc partir quand Stevens est venu me dire que Jim était au téléphone et voulait me parler de toute urgence. Je me suis précipité. Jim semblait nerveux et m'a déclaré qu'il devait parler vite. Il m'a dit qu'il avait retrouvé le Démon Dansant pour le reperdre aussitôt. Au moment même où il allait me donner le nom de celui qui le retenait prisonnier, la communication a cessé brusquement.

— Nom d'un pétard ! s'exclama Peter. Jim a dû réussir à fausser compagnie à Wilkes quelques minutes... juste le temps de lancer cet appel.

— Je crois plutôt que Wilkes aura enfermé Jim dans une pièce en oubliant qu'il s'y trouvait un téléphone, opina Bob.

— Une seule chose est certaine, déclara H.P. Clay tout bouillant de colère, c'est que ce Wilkes détient tous les atouts... mon fils et le Démon Dansant !

— Votre fils est en danger, dit le Chinois. Et moi, j'ai perdu le Démon Dansant !

— Je ne pense pas, répliqua M. Clay, que Jim soit vraiment en danger. Wilkes va évidemment essayer de me revendre le Démon, à un prix exorbitant... Mon fils lui sert de garantie. Sa vie répondra de l'honnêteté — si je puis dire — du marché ! »

Hannibal, qui n'avait pas encore parlé de l'apparition, qui les avait tant effrayés, se décida à le faire.

« Un Démon Dansant en chair et en os ? Impossible ! s'exclama M. Clay.

— C'est peut-être l'esprit de la statue ! suggéra Peter.

— Quelle stupidité ! dit M. Chiang.

— Il s'agit peut-être d'un chaman véritable, suggéra à son tour Hannibal. Ou encore de quelqu'un qui veut faire croire qu'il est un chaman.

— Quoi qu'il en soit, je ne me laisserai pas effrayer par cet épouvantail ! assura le père de Jim. Nous allons quadriller cette propriété. Deux d'entre vous, jeunes gens, allez m'aider à fouiller la maison. L'autre accompagnera Quail et M. Chiang pour passer le jardin au peigne fin. »

Bob et Peter se joignirent à l'homme d'affaires tandis qu'Hannibal suivait le Chinois et Quail.

Il était minuit quand les deux groupes, moins Hannibal, se retrouvèrent. Tous étaient bredouilles.

« Je crois qu'il n'y a plus rien à faire ici, décida le roi du pétrole en soupirant. Il ne me reste qu'à rentrer chez moi et à attendre. Jim et Wilkes sont probablement à des kilomètres d'ici !

— Ce n'est pas mon avis, déclara Hannibal qui arrivait tout droit du garage. Je viens de m'assurer que la voiture de Jason Wilkes n'a pas bougé. Et la Buick de Jim est toujours parquée sur la route. En d'autres termes, quand ils ont quitté la maison, ils étaient à pied. Ils n'ont guère pu aller très loin. Fouillons les environs!»

Bob et Quail se mirent à chercher des deux côtés de la route. M. Chiang et Hannibal se dirigèrent vers les broussailles, à l'arrière de la maison. M. Clay et Peter s'enfoncèrent résolument dans le canyon obscur. Tous procédaient avec méthode, en s'éloignant lentement de la maison.

Soudain, la voix de Peter s'éleva.

«Babal! Bob! Par ici!»

Tous convergèrent vers Peter. Ils le trouvèrent debout près d'un gros rocher. Sa lampe de poche éclairait un point d'interrogation, tracé à la craie.

«C'est Jim qui l'a dessiné! s'écria Bob tout joyeux. Et, regardez! Juste à côté du point d'interrogation il y a une flèche! Elle nous indique la direction à prendre...»

La flèche était pointée droit sur le canyon.

Chapitre 18

Le démon frappe!

«Cherchons le prochain point d'interrogation!» s'écria Hannibal d'une voix pressante.

Bob le trouva trois mètres plus loin, un peu plus bas dans le canyon noyé d'ombre.

«Plus de doute! constata Hannibal. Wilkes et Jim sont passés par ici!

— Comment pouvez-vous en être sûr? demanda M. Clay.

— Les points d'interrogation sont notre signe secret quand nous sommes séparés, expliqua Bob. Ils nous permettent de ne pas perdre la piste.

— On peut les dessiner rapidement, ajouta Hannibal. A la sauvette si besoin est.

— Et nous avons donné de la craie à Jim en lui expliquant ce qu'il devait faire le cas échéant, acheva Peter.

— Eh bien! Qu'attendons-nous? s'écria M. Clay. Dépêchons-nous d'aller délivrer mon fils!»

Peter se remit en marche, le père de Jim sur les talons. Les autres suivaient à la queue leu leu, Quail et Chiang les derniers. Peter trouva trois autres points d'interrogation sur des rochers. On avançait maintenant sur un étroit sentier, à peine visible, qui courait parallèlement au canyon, à mi-pente.

« Qu'allons-nous trouver au bout de cette piste ? s'inquiéta le père de Jim.

— Sans doute pas grand-chose, répondit Bob. Peut-être une vieille ferme abandonnée ou une ancienne cabane de prospecteur. Je suis certain que personne ne vit plus dans ce canyon. »

Les points d'interrogation se succédaient assez régulièrement à présent. Le paysage devenait plus sauvage, la pente plus abrupte. Les ronces des buissons déchiraient les vêtements sans qu'il soit possible de les éviter. La lune avait disparu et le petit groupe n'y voyait plus que grâce aux petites lampes de poche des détectives.

Parfois, l'un des hommes ou l'un des garçons trébuchait, glissait ou tombait. Mais cela ne les arrêtait pas. Et puis, soudain, la piste s'interrompit.

« Où diable est le prochain point d'interrogation ? s'écria M. Clay, très inquiet.

— Séparons-nous et cherchons, conseilla Hannibal. Mais veillons à ne pas trop nous écarter les uns des autres. Il n'est, hélas ! que trop facile de se perdre par une nuit aussi noire ! »

Vingt minutes s'écoulèrent avant que M. Chiang ne trouvât un nouveau point d'interrogation cent mètres plus loin, sur la droite.

« Il se peut, dit Hannibal, que Wilkes ait décidé d'avancer en zigzag pour brouiller sa piste à travers le fourré. Attendons-nous à trouver le prochain repère sur la gauche. »

Il avait deviné juste. On continua donc à suivre la piste, mais plus lentement, avec des crochets imprévus. Wilkes s'était cru malin. N'empêche que les points d'interrogation continuaient à jalonner le canyon. Il n'avait donc pas soupçonné le stratagème de Jim !

La petite troupe marchait depuis un bon

moment quand Walter Quail poussa soudain un cri :

« Ahhh ! »

Tous se retournèrent promptement et l'aperçurent, assis sur le sol rocheux, serrant entre ses mains sa cheville gauche.

« Je crains de me l'être foulée ! dit-il, la mâchoire crispée. Un caillou a roulé sous mon pied. Navré, monsieur Clay !

— Vous ne pouvez plus marcher ? demanda son patron.

— Si... à la rigueur. Mais je vous retarderais. Ne m'attendez donc pas. Continuez sans moi. Jim a peut-être besoin de secours ! »

M. Clay hésita à peine.

« Bon ! dit-il. Suivez-nous aussi vite que vous le pourrez. »

Les chercheurs se remirent en marche. Il leur fallait redoubler d'attention, car le sol devenait de plus en plus inégal et les buissons de plus en plus serrés. La piste tourna soudain à gauche. Et puis, la petite troupe déboucha en un lieu plus dégagé, juste au moment où la série des points d'interrogation s'interrompait pour la seconde fois.

« Allons, bon ! grommela Peter. Il va falloir nous séparer encore et chercher jusqu'à ce que... »

Il fut interrompu par l'apparition d'une forme indistincte qui, à quelque distance devant eux, venait dans leur direction.

« Jim ? » appela M. Clay.

La forme sombre parut se pétrifier sur place. Elle resta là, debout dans l'obscurité, immobile et silencieuse.

« C'est toi, Jim ? » appela de nouveau M. Clay.

Cette fois, la forme sombre obliqua sur la droite. Les détectives braquèrent sur elle la lumière de leurs lampes, éclairant ainsi un visage très pâle, des cheveux noirs et des vêtements couleur de nuit. L'homme, qui tenait un sac à la main, se mit à courir.

«C'est Jason Wilkes! cria Hannibal.

— Et il porte quelque chose! ajouta Peter.

— Ce doit être la statue! Arrêtez-le!» hurla M. Clay.

Tous ces cris ne firent que précipiter la fuite de Wilkes. Ses poursuivants s'élancèrent sur ses traces.

Et soudain, Wilkes disparut...

M. Clay, le Chinois et les détectives, qui déboulaient le long de la pente dans l'intention de lui couper la route, s'arrêtèrent, interdits, et regardèrent désespérément autour d'eux.

«On dirait qu'il y a un trou! s'écria soudain Bob en tendant le bras.

— Un canyon latéral!» dit Peter.

Tous se ruèrent dans l'étroite ouverture où poussaient des chênes rabougris. A droite et à gauche, les parois de la montagne se dressaient, abruptes... mais ce petit canyon se terminait en cul-de-sac!

La petite troupe s'arrêta.

Là-bas, devant eux, Jason Wilkes se tenait debout au fond de la nasse dans laquelle il s'était si imprudemment précipité. Il était coincé!

«Qu'avez-vous fait de mon fils, espèce de bandit?» demanda M. Clay d'une voix tonnante.

Telle une bête prise au piège, l'homme-vampire regarda à droite et à gauche, cherchant une issue. Les cinq compagnons se rapprochèrent de lui. La lumière des lampes de poche grossissait démesurément son ombre, qui rappelait celle d'un gigantesque insecte cloué contre la paroi du canyon.

«Qu'avez-vous fait de mon fils? répéta le roi du pétrole.

— Restez où vous êtes ou vous pourriez bien ne jamais le revoir! répliqua Jason Wilkes. Je me proposais d'entrer en contact avec vous, mais peut-être, après tout, cette rencontre facilite-t-elle les choses.

— Je ne traite pas avec des kidnappeurs!» rugit M. Clay.

L'antiquaire se mit à rire.

«Votre fils et ces trois stupides garçons sont entrés chez moi par effraction. Je garde simplement votre fils en attendant de le livrer à la police. J'ai la loi pour moi, monsieur Clay! Je porterai plainte contre votre fils, je le ferai jeter en prison... à moins que vous n'acceptiez mes propositions!

— Ce sac! coupa Peter. Je parie qu'il contient le Démon Dansant.

— Cette statue m'appartient! déclara M. Clay. Vous détenez un objet d'art volé!»

Wilkes continuait à sourire.

«Je n'en savais rien quand je l'ai acheté. J'étais de bonne foi. Allons! soyez raisonnable. Vous pouvez récupérer cette statue contre... un modeste dédommagement.»

M. Chiang ne quittait pas des yeux le sac que Jason Wilkes tenait à la main.

«C'est là-dedans que se trouve le Démon Dansant? Il faut absolument...», commença-t-il.

Une lumière éblouissante emplit soudain le petit canyon. Une lumière tellement aveuglante, que chacun recula d'un pas en se cachant les yeux. Une épaisse colonne de fumée s'éleva en haut de la pente raide contre laquelle Wilkes était adossé.

«Aaaaahhhhrrrrrrr!...»

Ses cornes haut levées, ses yeux rouges flamboyant plus que jamais, la formidable apparition du Démon Dansant se tenait sur la hauteur dominant le canyon. Lentement, elle se mit en mouvement. Les clochettes et les ossements acccrochés à sa ceinture produisirent un bruit lugubre.

La voix sonore du Démon tonna au fond du canyon.

«Le Démon Dansant de Batu Khan a été offensé!»

Tout tremblant, Jason Wilkes s'était retourné.

Lâchant son sac, il recula jusqu'à rejoindre les garçons, M. Clay et Chiang Pi-Peng. Il contemplait l'apparition avec des yeux pleins de terreur.

« Empêchez-le d'avancer! bégaya-t-il. Obligez-le à s'en aller! »

M. Clay avait pâli mais ne se laissa pas effrayer :

« Qui que vous soyez! s'écria-t-il, vous ne me faites pas peur...

— Silence! ordonna la voix caverneuse. La statue profanée doit être détruite! Son esprit doit être libéré! »

L'effroyable apparition leva un bras au-dessus de sa tête cornue, puis, d'un geste sec, tendit l'autre en direction du sac tombé à terre.

Un nouvel éclair! Une nouvelle colonne de fumée! Et le sac prit feu. Les flammes, hautes et brillantes, s'élevaient dans la nuit.

« Maintenant, l'esprit retourne au Grand Khan! »

Un troisième éclair brilla au sommet de l'éminence! Une nouvelle colonne de fumée, particulièrement épaisse celle-là, submergea la forme monstrueuse. Puis, peu à peu, le vent nocturne la dissipa.

Le Démon Dansant avait disparu.

Chapitre 19

Le masque du chaman

« Il... il est parti ! bégaya Peter.

— En fumée ! ajouta Bob.

— Quelle sottise ! s'écria M. Clay. Il s'est moqué de nous, voilà tout ! »

Chiang Pi-Peng, frappé de stupeur, considérait, bouche bée, un mince filet de fumée qui s'élevait encore sur la hauteur.

« Les esprits... murmura-t-il. Est-ce possible ?

— Certainement pas ! protesta énergiquement le père de Jim. Je vous répète qu'il s'agit d'une mauvaise farce ! La projection d'une image... un haut-parleur. Un pétard et des bombes fumigènes. Une illusion. Rien de plus. Je ne serais pas étonné si c'était l'œuvre de Wilkes ! »

Il se tourna vers l'antiquaire qui semblait effrayé.

« Vous feriez mieux de tout avouer ! Où est mon fils ? Où est la statue ?...

— Hannibal !... Monsieur Clay ! »

C'était Peter. Il s'était approché du sac que Jason Wilkes avait lâché et dont les restes fumaient encore.

« S'il ne s'agit que d'une illusion, continua-t-il, on peut dire qu'elle est réussie ! Regardez... »

Du pied, il écartait la toile brûlée, révélant ainsi un objet petit et massif. Tous se penchèrent pour mieux voir le tas de métal fondu.

« C'est la statue ! s'écria Bob.

— *C'était* la statue ! rectifia Peter.

— Détruite ! murmura M. Clay, très pâle.

— Disparue ! Disparue à jamais ! » bégaya M. Chiang.

Hannibal s'agenouilla, écarta les cendres et tâta les restes tordus de la statue.

« Elle est chaude, sans plus, annonça-t-il. La puissance calorifique utilisée par le... heu... chaman, n'était pas suffisante pour fondre entièrement le bronze.

— Ce... cette apparition... cet esprit, murmura le Chinois d'un air troublé. Il a mis sa menace à exécution... Il prétendait que la statue devait être détruite au nom de Batu, petit-fils de Genghis, et khan de la Horde d'Or...

— Vous êtes bien sûr qu'il s'agit de la statue du Démon Dansant, Hannibal ? demanda M. Clay.

— Je reconnais une corne... et voici la jambe qui était fixée au socle. Celui-ci subsiste encore en partie. Le milieu de la statue a résisté lui aussi. On distingue encore l'épi de maïs de la ceinture... »

Le chef des détectives s'interrompit brusquement pour regarder de plus près la masse de bronze fondu.

« C'est donc bien vrai ! soupira Jason Wilkes. Ce chef-d'œuvre sans prix détruit ! Dire que j'ai tenu une fortune dans mes mains !

— Après plus de sept cents ans..., murmura M. Chiang en se détournant.

— Oui ! La statue n'existe plus ! conclut M. Clay d'une voix forte. C'est un fait et nous n'y pouvons rien. Mais mon fils n'a toujours pas été retrouvé ! Wilkes !...

— Oh ! Il se porte comme un charme ! assura

l'antiquaire aigrement. Il ne peut plus me servir à rien maintenant. Je vais vous conduire à lui. Mais rappelez-vous... Il s'est introduit dans ma maison. J'avais le droit de l'arrêter.

— Espèce de... gronda M. Clay. Nous verrons ce que la police en pensera! Allez! Marchez! Nous vous suivons!»

A la suite de Jason Wilkes que suivait de près le père de Jim, la petite troupe quitta les lieux pour revenir dans le canyon principal. Bousculé par M. Clay, l'antiquaire s'engagea sur une piste quasi invisible. Soudain, Bob leva la main.

«Attention! Regardez... Qu'est-ce que c'est?»

Là, sur le sol d'une petite clairière, on pouvait distinguer une forme sombre qui se mit à gémir. En se rapprochant, ils reconnurent Walter Quail qui réussit à se mettre sur son séant.

«Quail! s'écria M. Clay. Que vous est-il arrivé?

— Je vous suivais aussi vite que je le pouvais... expliqua son assistant d'une voix faible. Je n'étais pas loin d'ici quand, soudain, j'ai cessé de vous entendre. J'ai écouté et j'ai cru percevoir le bruit de vos voix sur la droite. Je me suis dirigé de ce côté et alors, sans crier gare, quelqu'un m'a sauté dessus. Avant que j'aie pu tourner la tête et reconnaître mon agresseur, celui-ci m'a porté un coup violent. C'est la dernière chose dont je me souvienne. Je n'ai repris conscience que depuis quelques secondes.»

Il porta la main à sa tête et fit la grimace. Ses lorgnons se balançaient au bout de leur cordon. Son costume, impeccable d'ordinaire, était souillé de terre. Il se brossa du revers de la main, grimaçant plus que jamais. Sa tête devait lui faire très mal.

«Donc, résuma Hannibal, vous n'avez pas vu la personne qui vous a frappé?

— Hélas, non! Je n'ai rien vu, rien entendu. En revanche, j'ai terriblement senti, ajouta-t-il dans un pitoyable effort pour plaisanter.

— On ne voit et on n'entend jamais les esprits! énonça sentencieusement M. Chiang.

— Les esprits?» répéta Walter Quail.

M. Clay lui fit un résumé rapide des derniers événements.

«La statue... détruite! s'exclama son assistant. Et vous croyez que... Ce sont ces esprits qui m'ont attaqué?

— Sans doute. Mais cela ne fait pas progresser notre recherche. Il reste à délivrer Jim. Pouvez-vous nous accompagner?

— Je vais essayer!»

On l'aida à se relever et, tout en boitillant, il suivit tant bien que mal. M. Clay pressait Jason Wilkes d'avancer. Chemin faisant, l'antiquaire remarqua les points d'interrogation dessinés à la craie.

«Votre fils est malin, dit-il avec amertume. C'est comme cela que vous avez pu me retrouver, n'est-ce pas?

— Bien sûr que Jim est malin! Et ces trois garçons le sont autant que lui! Vous n'aviez pas une chance de nous échapper.»

La petite troupe déboucha bientôt dans une seconde clairière au centre de laquelle se dressait une cabane.

«Nous y voici! annonça Jason Wilkes. Votre fils est sain et sauf. Je me suis contenté de le garder prisonnier.»

M. Clay se précipita. La porte de la cabane était fermée de l'extérieur, par une barre de bois et un verrou. Aidé de Bob et de Peter, le magnat du pétrole eut tôt fait de lever ces obstacles. Il ouvrit la porte. Les garçons projetèrent à l'intérieur de l'abri le faisceau lumineux de leurs lampes.

«Je... vous conseille... de me laisser tranquille... sale individu!» s'écria une voix tremblante de peur où vibrait néanmoins une note de défi.

Jim Clay était recroquevillé dans un coin de la

cabane. Il ressemblait à un animal pris au piège. Mais ses yeux étincelaient. D'un bond, il se mit debout et, un morceau de planche à la main, se prépara à résister.

« Jim ! s'écria M. Clay en entrant dans le cercle de lumière. Jim ! C'est moi !

— Papa !... » A mesure que ses yeux s'habituaient à la clarté, Jim aperçut le petit groupe derrière son père... « Oh ! Vous êtes tous là ! Vous m'avez retrouvé et vous avez pincé ce gredin !

— Nous avons suivi vos points d'interrogation, expliqua Bob.

— Bravo ! Et merci ! Savez-vous que je commençais à désespérer, enfermé ici par Wilkes qui était parti en emportant la statue. Au fait, la statue, vous l'avez ?

— Non, mon garçon, dit M. Clay. Elle n'existe plus.

— L'apparition... l'épouvantail l'a détruite, précisa Peter.

— Ainsi, cette apparition était bien réelle ?

— Ma foi, dit Bob, Hannibal pense... »

Mais, après avoir regardé autour de lui, il s'aperçut que le chef des détectives avait disparu. « Tiens ! Où est-il passé ?

— Il était là il y a une minute ! dit M. Clay étonné. Ma parole, je crois...

— La fenêtre ! cria Walter Quail qui avait rejoint les autres à l'intérieur de la cabane. Regardez ! »

Bob et Peter dirigèrent la lumière de leurs lampes vers la fenêtre en question.

La tête hirsute et cornue du démon s'agitait derrière la vitre. On distinguait ses yeux obliques et rouges, sa bouche aux dents aiguës.

« Il est revenu ! » s'exclama M. Clay.

L'effrayante tête parut soudain s'élever dans les airs et fut remplacée par la bonne figure d'Hannibal qui souriait dans l'encadrement de la fenêtre.

«Non! Il n'est pas revenu!» annonça très fort le chef des détectives.

Il disparut et on l'entendit faire en courant le tour de la cabane. Tous regardèrent la porte.

Bientôt, Hannibal surgit sur le seuil, portant entre ses bras l'énorme masque hirsute, où pointaient les cornes menaçantes, et aussi la ceinture de l'apparition, avec sa garniture de clochettes, d'ossements, de racines et de plantes.

«Non, il n'est pas revenu! répéta d'une voix claire le chef des détectives. Et pour la bonne raison qu'il n'a jamais existé!»

Et, à la grande stupeur de tous il ajouta :

«Quant à la statue du Démon Dansant, elle n'a pas été détruite comme vous le croyez!»

Chapitre 20

Le démon démasqué

Que voulez-vous dire, Hannibal? demanda M. Clay. Et où avez-vous trouvé ce masque?

— Caché au creux d'un buisson, derrière cette cabane, monsieur. Le reste du déguisement est également là-bas, y compris les deux petites ampoules rouges et la batterie qui permettaient aux yeux de flamboyer, et aussi les produits chimiques qui produisent éclairs et fumée. Très ingénieux, en vérité!... Je crois, monsieur, que, si vous faites l'inventaire de vos collections, vous trouverez certaines pièces manquantes... ce masque entre autres!»

M. Clay fronça les sourcils.

«Je crois en effet posséder quelques masques analogues dans mes salles de réserve. Je n'ai pas encore eu le temps de classer toutes mes pièces mongoles. Mais qu'est-ce qui vous a donné l'idée que...

— Je n'ai jamais cru que ce fantôme fût... un fantôme. Et quand j'ai compris qu'on se moquait de nous, plusieurs menus détails me sont revenus en mémoire. A un moment donné, j'ai cru qu'un véritable chaman mongol cherchait à récupérer la statue. Mais l'arrivée de M. Chiang m'a fait changer d'idée. Puisque M. Clay était disposé à restituer le Démon Dansant, pourquoi un véritable chaman serait-il entré en scène?... L'apparition correspondait donc à autre chose. J'ai songé alors à une piste qui m'a conduit à battre les buissons environnants.

— Comment s'est-on moqué de nous, Babal? demanda Peter, qui n'en croyait pas ses oreilles.

— En feignant de détruire la statue, mon vieux!

— Mais, objecta M. Chiang, nous avons vu le Démon Dansant réduit en cendres sous nos yeux, là-bas, dans le canyon.

— Vous avez vu *une* statue dévorée par les flammes, rectifia Hannibal. Pas *la* statue! En réalité, depuis le début, nous n'avons jamais vu l'authentique Démon Dansant... seulement une excellente reproduction!

— Une reproduction! répéta Bob, incrédule. Tu n'es pas expert en objets d'art! Comment pourrais-tu le savoir?

— Voyons, Hannibal, dit Jim à son tour. Il vous est impossible de rien affirmer. Moi-même, j'en serais incapable.

— C'est vrai, Hannibal, renchérit M. Clay. Vous ne pouvez être sûr de ce que vous avancez.

— Oh, si, j'en suis sûr! C'est une reproduction que la chaleur a fait fondre sous nos yeux. Une reproduction due aux talents du petit homme à la cape! Hé oui! Face-de-Rat n'est pas un voleur mais un artiste! Il ne ressemble du reste pas à un voleur! Qu'en pensez-vous, mes amis? ajouta-t-il en se tournant vers ses camarades.

— C'est vrai, reconnut Peter. Je me rappelle que cela m'avait frappé dès le début.

— Nous découvrirons sans doute qu'il est habile et assez connu, mais pas très honnête. Il a donc reproduit le Démon Dansant et apportait son œuvre à Rocky au moment où il l'a perdue. C'est alors que nous avons été mêlés à l'aventure.

— Mais comment pouvez-vous en être certain ? insista Jim. Quand nous avons retrouvé la statue, elle m'a paru exactement semblable à celle que j'avais toujours vue à la maison.

— C'est une reproduction remarquable, expliqua Hannibal. Malgré tout, je pense que l'artiste l'a faite d'après des photographies, sans jamais voir l'œuvre initiale. Il n'a jamais pu approcher l'authentique Démon Dansant car, s'il avait pénétré dans la villa de M. Clay, cela aurait éveillé des soupçons. Il a donc travaillé d'après des photos, mais celles-ci ne mettaient pas en évidence tous les détails. Pour obtenir ceux-ci, il s'est référé à un livre d'art — sans doute le même que celui où j'ai moi-même puisé des renseignements sur le Démon Dansant de Batu Khan — qui contenait une erreur dans la description de la statuette. Notre faussaire a donc reproduit cette erreur.

— Une erreur ! Quelle erreur ? demanda M. Clay.

— Eh bien... Et Hannibal cita de mémoire... le livre disait que le masque avait des cornes de yak et que le démon portait une ceinture garnie de clochettes, de crécelles, d'os et aussi de bouquets de plantes, d'épis de maïs et de racines symbolisant l'esprit de la nature. C'est ce maïs qui me turlupinait.

— Le maïs ! s'exclama M. Chiang en roulant des yeux ronds.

— Mais, fit remarquer M. Clay, l'artiste a bien reproduit ce maïs... Quand vous vous êtes penché sur ce qui restait de la statue vous avez même annoncé que l'épi de maïs était encore visible sur la ceinture du démon.

— Oui, monsieur ! Et c'est à cet instant précis que l'erreur dont je parle m'a sauté aux yeux.

— Mais enfin, cette erreur, en quoi consiste-t-elle ?

— Eh bien, monsieur, le renseignement donné par le livre était faux. Il s'agissait peut-être d'une erreur de traduction... Mais jamais la ceinture d'un chaman mongol n'aurait pu s'orner d'un épi de maïs.

— Et pourquoi cela? demanda Jim d'un ton sec.

— Parce que le maïs est originaire d'Amérique. Les Européens et les Mongols ne virent jamais un épi de maïs avant la découverte du Nouveau Monde par Christophe Colomb... c'est-à-dire presque trois cents ans après que la statue du Démon Dansant eut été façonnée. Il est donc impossible que la statue authentique ait eu un épi de maïs à sa ceinture. Autrement dit, celle que nous avons vue détruite était bel et bien une simple reproduction. »

Le silence tomba dans la cabane. M. Clay fut le premier à le rompre.

« Mais pourquoi? demanda-t-il. Pourquoi fabriquer une fausse statue? Et qui tenait le rôle du Démon Dansant? »

Hannibal se tourna vers Walter Quail.

« Monsieur Quail! Voulez-vous répondre à ces deux questions?

— Je... je..., bégaya l'interpellé, tout pâle.

— On voulait donc me tromper! Me remettre une simple copie de la statue! s'écria M. Chiang hors de lui.

— Pas exactement, non! répondit Hannibal. Vos experts auraient eu tôt fait de démasquer l'imposture. Voilà pourquoi il était nécessaire de détruire la statue sous vos yeux.

— Quail! s'écria M. Clay d'une voix tonnante. Vous allez me payer votre forfaiture...

— Non, non! coupa vivement le chef des détectives. Pas Quail! Ce n'est pas lui le coupable, encore qu'il sût à quoi s'en tenir depuis le début... N'est-ce pas, Jim?

— Quoi! s'écria Jim. C'est moi que vous accusez! Vous êtes fou!»

M. Clay se tourna vers son fils.

«Jim?... Hannibal, vous ne voulez pas dire que mon fils...

— Si, monsieur! soupira tristement Hannibal. Jim et le terrifiant Démon Dansant ne font qu'un. Et c'est Jim, aussi, qui a fait reproduire la statue. J'aurais dû deviner qu'il était au cœur de l'affaire dès l'instant où nous avons rencontré Quail chez vous. Votre assistant a paru sincèrement surpris en découvrant que la statue avait disparu. Sans doute l'avait-il vue tout récemment encore. Quand nous sommes venus pour vous voir, Jim a précipitamment caché la statuette et nous a laissé croire à un vol. Autrement, nous aurions compris qu'il existait *deux* statues!

— Vous racontez des sottises! s'écria Jim. Vous oubliez que vous m'avez trouvé enfermé ici!

— Inutile de protester! répliqua Hannibal. J'ai découvert, en passant derrière cette cabane, les deux planches pourries que vous avez soulevées pour vous glisser à l'intérieur, après avoir dépouillé votre déguisement. Et j'ai trouvé en outre ceci dans une petite poche du costume de chaman... Voyez! Un morceau de craie... Vous portiez encore ce costume quand vous avez dessiné les derniers points d'interrogation! Et vous avez oublié de jeter votre morceau de craie!»

Jim Clay était confondu. Il se tourna vers son père.

«J'ai fait ça pour toi, papa! soupira-t-il. Pour que tu puisses conserver cette statue à laquelle tu tenais tant!»

Et, à bout de tension nerveuse, il s'effondra sur le sol poussiéreux. M. Clay se mordit les lèvres. Puis il hocha la tête, d'un air profondément navré.

Chapitre 21

M. Hitchcock réclame des détails

Quelques jours plus tard, les trois détectives étaient assis dans le bureau d'Alfred Hitchcock. Celui-ci acheva de lire le rapport de Bob, puis leva les yeux.

« Ainsi, dit-il, Jason Wilkes était payé par le jeune Clay pour l'aider à garder la statue ?

— Oui, monsieur, expliqua Hannibal. Au début, Jim projetait de donner la copie de la statue à M. Chiang et de la lui voler ensuite pour la détruire sous ses yeux. Quand nous sommes intervenus dans l'affaire, il a dû changer un peu ses plans. Wilkes fut chargé de nous attirer dans le canyon afin que nous puissions voir nous-mêmes — et M. Chiang avec nous — la statue détruite par les flammes.

— Ce changement de plan a été fatal à ce brave Jim.

— Il a surtout voulu jouer au plus malin avec nous et cela ne lui a pas réussi.

— Comment cela ?

— Eh bien, tout à fait au début, alors qu'il aidait Face-de-Rat à rechercher la copie perdue, Jim a tenté de se débarrasser de nous en nous effrayant. Et puis, voyant que ses efforts demeuraient infructueux, il a eu l'idée de nous utiliser pour découvrir la statue à sa place ou, plutôt, pour que nous le menions à elle. Chaque fois que nous touchions au but, il recommençait à nous faire peur pour avoir le champ libre et mettre le premier la main sur la contrefaçon.

— Il a bien cru réussir quand il a appris que l'Amiral avait vendu le Démon à Fritz Hummer, fit remarquer Peter.

— C'est pour cela qu'il nous a bouclés dans la cabine du canot à moteur, ajouta Bob.

— Au fait ! dit M. Hitchcock. Comment le rusé garçon s'y est-il pris ?

— Quand nous étions au campement des clochards, expliqua Hannibal, il a profité de ce qu'il allait seul chercher sa voiture pour alerter Face-de-Rat et monter tout un scénario avec lui. En fait, le bateau appartenait à son père. Mais, le temps que Jim arrive chez Hummer, Face-de-Rat avait découvert que la statue n'était plus là. Jim nous a donc relâchés pour que nous retrouvions une fois de plus la bonne piste. Quand Hummer nous conduisit à Jason Wilkes, Jim se persuada qu'il touchait enfin au but. Il décida de se servir de nous pour la dernière fois... il ignorait alors que son père et M. Chiang arrivaient à Rocky ce même soir. Il se sépara de nous, loua les services de Wilkes pour jouer un rôle et nous manœuvra habilement. Il nous fit enfermer par Wilkes, appela Quail pour le cas où nous n'aurions pu nous libérer nous-mêmes, traça une piste de points d'interrogation et se prépara à incarner le Démon Dansant au fond du canyon, dans sa grande scène de l'anéantissement de la statue.

— L'objet se trouvait déjà à demi fondu dans le sac, précisa Bob.

— Jim s'est contenté de mettre le feu au sac! ajouta Peter.

— Dès que je me suis aperçu que nous avions affaire à une reproduction de l'authentique Démon Dansant, reprit Hannibal, j'ai compris que Jim était l'instigateur de toute l'affaire. Il avait eu le temps de manigancer notre emprisonnement, tant à bord du canot que chez Wilkes. Il s'était séparé de nous, sous prétexte de surveiller Hummer, quand Peter a aperçu l'apparition dans le jardin de la villa de l'antiquaire. Jim nous parlait par talkie-walkie et nous le pensions loin alors qu'il était tout près.

— Par ailleurs, dit Bob, il prétendait ne rien connaître à l'art oriental. Or, nous avons constaté qu'il était presque aussi expert que son père. »

Alfred Hitchcock hocha la tête :

« Autant de petites erreurs que vous avez su détecter! Mais ce Walter Quail? D'après vous, il était au courant. Et pourtant, il n'a rien fait pour arrêter le fils de son patron?

— Cela lui était difficile, monsieur. Loyal envers M. Clay, il souhaitait éviter des ennuis à Jim. Il l'avait aperçu avec Face-de-Rat et surveillait celui-ci. Il voulait empêcher Jim de faire des sottises... le protéger. Il ne pouvait rien dire à personne sans le trahir.

— Et le jeune gredin, sûr de ne pas être dénoncé, en a profité, bien sûr!

— Jim est avant tout un enfant gâté, fit remarquer Bob. Il savait la répugnance de son père à se séparer de la statuette. Pour lui faire plaisir, il n'a reculé devant rien. C'est un peu la faute de M. Clay qui l'a mal élevé.

— Peut-être bien, admit M. Hitchcock. Ainsi, c'est cet épi de maïs qui vous a mis sur la bonne voie, Hannibal? Vos connaissances historiques vous ont aidé. Le faussaire... cet homme que vous appelez Face-de-Rat... a-t-il été arrêté?

— Oui, monsieur. Et il a reconnu avoir fait une contrefaçon de la statue.

— J'espère que les coupables seront punis?

— Aux dernières nouvelles, M. Clay a décidé de ne pas porter plainte. Et il a persuadé M. Chiang de l'imiter. Mais il va expédier Jim dans une de ses raffineries de pétrole... Là-bas, il travaillera comme simple employé!

— Ça lui apprendra à gagner sa vie et à connaître la valeur de l'argent, dit Peter.

— De son côté, le commissaire Reynolds va enquêter sur le passé de Face-de-Rat et de Jason Wilkes, expliqua Bob. Il espère parvenir à les coincer tout de même.

— J'espère qu'il y réussira, déclara M. Hitchcock. Encore un détail, jeunes gens... Vous dites que le jeune Clay s'est servi de produits chimiques pour provoquer éclairs et fumée... mais comment s'y est-il pris pour enflammer à distance le sac contenant la statue?

— Un produit inflammable avait été préparé à l'avance dans le sac, expliqua Hannibal. Jim l'a porté à incandescence en utilisant un signal radio. Il est aussi fort en électronique qu'en chimie.

— Souhaitons qu'il mette désormais ses connaissances au service d'une meilleure cause!... Dites-moi encore! Où se trouvait l'authentique statuette pendant tout ce temps?

— Dans la cave de M. Clay, tout simplement! révéla Peter en éclatant de rire. Elle ne l'a quittée que pour être remise solennellement à M. Chiang.

— Et à l'heure qu'il est, acheva Hannibal, elle est en route pour la Chine.

— Eh bien! Félicitations, jeunes gens! On peut dire que vous avez fait du bon travail!»

Les trois détectives prirent congé de M. Hitchcock.

Une fois seul, le célèbre metteur en scène sourit d'un air songeur. Le Démon Dansant lui-même n'avait pas été de taille à tenir tête à Hannibal, Peter et Bob.

« Trouveront-ils un jour leur maître ? » murmura M. Hitchcock.

Il commençait presque à en douter.

Table

IMPRIMÉ EN FRANCE PAR BRODARD ET TAUPIN
Usine de La Flèche, 72200.
Dépôt légal Imp. : 6308S-5 – Edit : 4432.
20-07-8331-08-9 – ISBN : 2-01-017009-1.
Loi n° 49-956 du 16 juillet 1949 sur les publications destinées à la jeunesse.
Dépôt : septembre 1997.